मां तारा और
आसमान जैसे पिता को समर्पित

प्रस्तावना

गांव में छुट्टियां खत्म कर वापस शहर लौट रहा था बड़े भाई के साथ। बचपन था। उम्र का अंदाजा नहीं है। शहर में आने के बाद बस स्टैंड और घर के बीच के फासले में एक पिक्चर हॉल था। भैय्या को जाने क्या सूझा कि वो मुझे लेकर उस सिनेमा हॉल के अंदर रंगीन पोस्टर देखने के लिए घुस गए। पोस्टर के समय देखा कि नीचे वाले दरवाजें पर टिकट चौकर नहीं था। और भाई ने मेरा हाथ पकड़ा दरवाजा खोला और दरवाजें पर लटका भारी परदा खिसका दिया। घुप्प अंधेरे में कुछ नहीं दिख रहा था कि सामने फिल्मी पर्दें पर रंगों से चमकती तस्वीरें दिखने लगी। जादू की दुनिया जैसा सब कुछ। इससे पहले कि समझूं कि क्या है बाहर से टिकट चौकर ने हाथ पकड़ा और बाहर खींच लिया। पर्दे का जादू खत्म और बाहर की दुनिया में फिर से आंखों को सामान्य सा दिखने लगा। इस घटना के महीनों बाद तक मुझे वो सिनेमा हॉल एक एक जादू की दुनिया का दरवाजा दिखने लगा जिसमें मेरा प्रवेश अभी निषिद्ध था। आजतक सोचता हूं कि उस वक्त उस सिनेमा हॉल में कौन सी फिल्म चल रही थी कौन हीरो था और कौन विलेन। और अगर पता भी चल जाएंगा तो क्या मेरी जिंदगी और सोच में कोई बदलाव आएंगा या एक अधूरी सी कहानी की तरह से वो मुझे न देखे गए रास्तें की

तरह हुलसाता रहेगा। बचपन में सैंकड़ों ऐसी तस्वीरों के साथ बड़ा हुआ लेकिन ये तस्वीर मुझे हमेशा ललचाती है एक ऐसी दुनिया जो सबके लिए बेहद सामान्य हो लेकिन मैंने नहीं देखी तो मुझे अपनी ओर खींचती रहे। गांव से शहर और शहर से गांव का सिलसिला अभी तक की जिंदगी का अहम हिस्सा है। और एक उलझन और सुलझाव भी। गांव में कभी गांव का लड़का नहीं बन पाया। घरों के आस–पास के लोगों के लिए एक शहरी बच्चा जिसके माता–पिता अब नाम के लिए गांव के है। और जो गांव में अपने सयुंक्त परिवार में छुट्टियां बीताने आता है इससे ज्यादा गांव की जिंदगी का उसके लिए कुछ भी नहीं। और शहर में एक ऐसे लड़के के तौर पर जो गांव का रहने वाला है जिसके पिता गांव से अपने बच्चों को शहर पढ़ाने के लिए लाए है। जो अभी भी शहर के तौर–तरीके नहीं सीख पाया है। छुट्टियों में जिसके पास नईं फिल्में या फिर क्रिकेट मैच के कोई प्लॉन नहीं होते है। ऐसे ही चलते–चलते शहर से दिल्ली और फिर दिल्ली से देश के अलग–अलग हिस्सों में पहुंचा। गांव में गरीबी, भूख, लाचारी या फिर ऐसी दूसरी असमानताओं से सीधा रिश्ता नहीं जुड़ा। एक तो अपर कॉस्ट होने के नाते और दूसरा शहरी बच्चा होने के नाते बेहद संरक्षण में रहता था तो किसी के घर जाना बेहद कम था सिर्फ घर से खेत और खेत से घर के बीच की दुनिया में जितना समझ आता गया वो जिंदगी के सफर का हिस्सा बना। और शहर में एक खास वर्ग के बीच जाना इसलिए मुश्किल था कि मैं उनको समझना नहीं चाहता था और वो मुझसे में किसी दिलचस्पी की तलाश करना नहीं चाहते थे। लिहाजा गांव की सीमाएं और शहर की जिंदादिली के बीच कही थमा हुई सी रेखाओं में घूमता रहा हूं। हर आम आदमी की तरह से बस, ट्रैन या फिर प्लेन में यात्रा के दौरान खिड़की की सीट की ललक रखता रहा। फिर सोचा कि क्या कारण है कि खिड़की से बाहर देखना हमेशा अच्छा लगता है। लगा कि हर इंसान बिना दृश्यों में शामिल हुए हर चीज को देखना चाहता है निरपेक्ष भाव से सुंदर या असुंदर कुछ भी। खिड़की से दुनिया देखना एक तिलिस्म में घुसना बिना उसकी चाबी तलाशें हुए। अपनी आदत का ऐसा ही विस्तार दिखा जिंदगी की ज्यादातर घटनाओं में शामिल न होने के बावजूद देखना हमेंशा लगा कि जैसें जिंदगी एक लैंस से देख रहा हूं

और ये लैंस जिंदगी का लैंस है। लिखने का शौंक लेखक के नाते नहीं दिखा। बस जब मन करता कुछ लाईने खींच देता था शब्दों से। कभी नही अहसास किया कि इसको लोगो से साथ बांटना चाहिएं क्योंकि ये दुनिया की अरबों आंखों में से एक आंख का आईना है हो सकता है कुछ लोग इस लैंस से भी देखना चाहे। पत्रकारिता के आईने में इतनी सारी तस्वीरें इतने सारे रंग देंखे। हर बार लगता रहा कि यहां मुझे पहले आना चाहिए था। इसको मुझे पहले देखना चाहिए था। लेकिन मैं उस वक्त ही देख पाया जब देखना था। इसीलिए सोशल मीडिया में घुसने और एक ब्लॉग बनाने तक कविताओं की दर्जनों डायरियां गुम होती गई। वैसे भी मैं मानता हूं कि आवेग में लिखी गई कविताओं की कोई उम्र नहीं होती। कई बार कुछ दिन और कई बार कुछ घंटें लिहाजा मेरी कविताओं सिर्फ मेरे ब्लॉग पर रखा और ब्लॉग का पता अपने तक सीमित। कविताओं का समय पिछले छह–सात साल के बीच का है। उस वक्त जब दुनिया में जो घट रहा था सोशल मीडिया से क्रांत्रि की आवाज के तौर पर बाहर आ रहा था। इसी बीच में मुखौंटे के उतरने और लगाने के बीच असली चेहरों की पहचान में कई बार कामयाब हुआ तो कई बार गच्चा खाया। इंसान की व्यक्तिगत जिंदगी को उत्सव में बदलती खबरों और खबरों के बीच में गुम इंसानी हक–हूकुक की बातों ने दिन में भले ही घर न किया हो लेकिन रात में वहीं बातें नींद और आंखों के बीच कलम लाती रही। खबरों की चर्चा करते हुए कई बार अलग–अलग विषयों पर बात हुई संजय सिंह से। और फिर एक दिन उन्होंने फोन किया कि आपकी कविताओं को छापना है। ये बात मेरे लिए काफी आश्चर्य करने वाली थी लिहाजा मैंने उनसे एक दो बार नहीं कम से कम दस बार सोचने के लिए कहा और वो हर बार मेरी कविताओं को क्रम देने की बात करते रहे। अब मैं हैरान हूं कि उनको कविताओं में क्या दिख रहा। खैर मेरा खुद से बात करने का सिलसिला तो चलता ही रहेगा। लेकिन पहली बार इसमें से कुछ हिस्सा दोस्तों के साथ शेयर कर रहा हूं तो ये संजय सिंह का प्रयास है।

–लेखक

अनुक्रम

1

यूं तो मैं बोल सकता था

यूं तो मैं कह सकता था,
कि ये आवारा भीड़ नहीं है
मुझे बोलने से पहले सोचना नहीं था
इस भीड़ में कोई खतरा नहीं है.
या ऐसा ही कुछ
ये दीवानों का जमावड़ा
तोड़ सकता है
बनी-बनाई व्यवस्था
मेरे पास लाईने थीं
सीखें गएँ शब्द थे
मेरे पास कलम भी थी

और पेपर भी
मुझे लिखना था
और फिर उसे छाप देना था
ऐसा ही जैसा मुझे बताया गया
लेकिन मेरी आंखों में दर्द ज्यादा था
न मैं लिख पाया
न मैं बोल पाया।
यूं तो मैं बोल सकता था
बस और मत मुस्कुराओं मेरी तरु
अंतर नहीं कर पाता हूं मैं
तुमहारी इन मुस्कानों में
ये सब तरु से एक सी दिखती है
कातिल की तरु हो
तुम्हारा चेहरा
या fिर कत्ल हुएं की ओर
बंद करों इस तरह दिखना
कि
दोनों में कोई फर्क दिखाईं न दें
बंद करो इस तरह से मुस्कुराना
लेकिन आवाज नहीं निकली

यूं तो मैं कह सकता था
कि किताबों में बंद बेजान अक्षरों में
बंद नहीं की जा सकती है
बेसाख्ता हंसतें हुए किसी बच्चें की तकदीर
रोका नहीं जा सकता हवा में झूमना किसी फिरकी का
गहराई में धारती की गोद में
समाएं हुए किसी पेड़ की जड़ नहीं उखाड़ सकते
हो महज काली लाईनों को पढ़कर
लेकिन सोच ही नहीं पाया
यूं तो बोल सकता था
मैं इस खेल में शामिल नहीं हूं
बंद करों
ये गोटियां उछालना
जिसकी हर चाल तुमकों मालूम है
मत छनकाओं वो सिक्के
जिसमें दोनों ओर तुम्हारे लिए ही जीत
लिखी हो।
लेकिन
मेरी जुबान सर्द है
मैं बस देख रहा हूं तुम्हारा सिक्का, गोटियां और मुस्कानें

मैं बिक गया था,

तुम जानते हो मेरे डर को और मेरी कीमत को

बिना किसी और के ये जाने........

2

रास्ते का आंखों देखा हाल

शब्द खोजना, काफी मुश्किल काम है,
कायदे से कुछ नहीं मिलता।
अंधेरों में भी जुगनू दिख जाते है
मर्यादा तोडते हुए
रोशनी में चेहरों पर दिखता है अंधेरा।
अजब सा घालमेल हो गया
हंसने की कोशिश में रोते हुए लोग
भद्दे दिखने लगते है बेहद खूबसूरत चेहरे पास आते ही
दूर से हाथ देकर ग्राहक रोकता वो काला दागदार चेहरा
खूबसूरत हो जाता है अचानक
ताकतवर दिखते इंसान

कमजोरियों की परतों में गिड़गिड़ाते हुए
रोटियां को तडपने वाले
वद्र पर गुर्रा रहे है
एकांत में खिले चेहरे
भीड़ में अजनबी में बदल रहे है
बात सिर्फ शब्द खोजने की है
मैं रिश्ते में कहा घुस जाता हूं
अभी जिसे मैंने कहा था नेता
वो टके का चोर निकला
नशे में चूर आदमी के
हाथ से गिरे रुपये को लेकर झूम रही है बुढिया
बुझी उम्र के साथ
गरजती आवाज नारे लगा रही है
भीड़ आईसक्रीम का रेट पूछ रही है
झूठ का ठेका लिए
सच की सीढ़ी पर चढें चेहरे
ना सच बोल रहे है ना झूठ
बस डर से भीगे शब्दों में
रोटियां तोल रहे है
मैं खोज रहा हूं शब्द

सही शब्द

बता सकूं

रास्ते का आंखों देखा हाल।

3

रीढ़ में लगा कलफ उतर गया

आदमी सड़कों पर।
चूहे घरों में।
सवाल जेहन में,
बच्चियां पेट में
इंसानियत मर रही है सरेआम
नक्शों में दम तोड़ रहा देशहर चेहरे पर खुशी है कि मातम
कुछ देर में हंसते हुए रो रहा है
या
रोते हुए हंस रहा है।
कदम दर कदम आगे चलते हुए
दिख रहा है पीछे जाते हुए

पीछे से हंस रहा है कोई
मैं लगातार रास्ते देखता हूं
कभी चमकते हुए, कभी अंधोरे में डूबे हुये
गिनता आता हूं
जेब में पड़े हुए सिक्के
बिक गये जमीर के सहारे
रीढ में लगा कलफ रोज उतर जाता है
चेहरे पढ़ते पढ़ते भूल जाता हूं
छुप बैठी अंतर्मन की आवाज का गीत
पूछता हूं रास्ता अपने घर का रोज शाम को
बीत गये दिन से
सुबह जिसको साथ लेकर चला था
वो कहां गया सांझ होते ही
रात में तलाश करनी होगी
फिर कल के लिये अपने चेहरे की
थक गये जबडों के सहारे
पर्स में छुपा कर रखी हुई
हंसी में देखता हूं
बच्चों को पार्क में झूलते हुये
बीबी के कंधों में खोजता हूं

सुनहरे पर्दों के सपने
कुछ देर में पत्थर में बदल गयी
आंखों के सहारे कदम रखता हूं
रात के आंगन में
खिले हुए फूल छोड़ कर
कल निकला था मैं कक
ये क्या है
मैं रात से पूछता हूं
नींद की नाव को चलाकर
फिर से उतारना होगा
कर्ज एक बार फिर से तेरा
मुझे डर की सुंरगों में भटक कर
सुबह की किरणों से चमत्कार की उम्मीद करनी है
झकझोर कर उठा दिये रास्तें पर
अपनी दिन की कहानी को
एक दिन ओर आगे
एक दिन और पीछे
गिनती कहां से शुरू करूं
आखिर से या शुरू से

4

लड़कियों, औरतों को सामान कहूं तो मां को क्या कहूं

कुछ और झूठ मेरे चेहरे पर लगा दो
कुछ और मेरा चेहरा सजा दो,
कहीं बचा हो अगर सीने में
दर्द
किसी का, उसे भी हटा दो
तैयार हो रहा हूं मैं
अब
दुनिया से मिलने के लिये।
बहुत मुश्किल है भूलना
सच

कोई याद है तो उसे भी जेहन से मिटा दो।

सीखा है जो मैंने

अब

एक बार फिर उसे दोहरा लूं

सम्मान में किसी के लिये

जब भी मैं झूंकु

इशारा है मेरा

इसका सर उड़ा दों

जब भी मैं खिलखिलाऊं

कुछ मासूमों का रद्र बहा दो.

मैं आंसूं बहाऊँ

तो निर्दोषों की जान से खेलों

मैं कहूं

इसे कुछ देना है

ये मेरा इशारा

उसकी आखिरी रोटी भी लेना है

मेरे सच का मतलब झूठ है

मेरे झूठ में फरेब में

मेरे इश्क में ऐब है

मेरे दोस्ती में दिल्लगी है

यहां तक तो सब ठीक-ठाक है

थोड़ा गड़बड़ आखिरी एक पाठ है

लड़कियों और औरतों को सामान कहूं

तो मां को

क्या कहूं।

5

इस जन्म के ईश्वर

रास्ते पैरो से चिपक कर घर चले आते है
बाते जिंदगी की कमीज के बटन
उम्मीद घर में रखी एक झाड़ू
रात ऐसा जंगल जिसमें खो जाते है रास्ते
सुबह जिंदगी का नया कपड़ा
उम्मीद की झाड़ू से
बुहारता हूं नाउम्मीदियों की गर्द
रास्तों के जूते पहन
निकलता हूं सूरज के सौंवे घोड़े के रास्ते पर
दोस्तों की क्षमा
दुश्मनों की बोलियां

जेब में पड़ें सिक्कों की तरह
गिनता हूं और वापस डालता हूं
ना सिक्के ज्यादा है न
दोस्त और दुश्मन।
मुझसे
दोस्ती के फायदे नहीं है
दुश्मनी के मायने नहीं है
लिहाजा भुला दिया गया
सिगरेट के खींचे गये हजारों कश की तरह
हालात मंगल पर बने हुए बादल
मैं तभी देख पाता हुं जब अखबार में छपते है
मां की आवाजें, पिता की निगाहें
बहनों का स्नेह, भाई की दुआ
जिंदगी के आसमान में चमकीले तारे
महीनों में उपर देख पाता हूं
जब भी देखता हूं
सुंदर दिखते है
भूल से भी देखों तो
मुझे रोशनी मिलती है
रास्तों का पता मिलता है

और कुछ भी नहीं
तो ये सलाह
रात है
संभल कर चलना
लेकिन मुझसे तारों को
क्या मिलता है
घर में एक धुव्र तारा है
रास्ते में जूते हो
या
जूते रास्तें हो
दिखाता रहता है राह
झूठी प्रार्थना
सच्चें अनुग्रहों के सहारे
जी लिया मैंने
अरबों प्रकाश वर्ष का जीवन
हे इस जन्म के ईश्वर
मुझे माफ कर
उतार मेरी आत्मा से
इस बदन का कपड़ा

6

गिरगिट

रात को करवट बदलता हूं
दिन में देह, भाषा और पाला,
सुबह के साथ शुरू करता हूं
जबान की कसरत
दिमाग का व्याभिचार
रीढ़ को झुकाने की होड़
इनमें निडर दौडता हुआ मैं
रात की सीढ़ियों में अकबका जाता हूं
एक के बाद एक घिरते अंधेंरे में चीखता हूं मैं
कोई आवाज दो,
मुझे मत समझो अकेला

कुछ नहीं किया है मैंने ऐसा या वैसा
लेकिन कहीं से कोई जवाब नहीं आता
लौटती है मेरी आवाज और भी गूंज के साथ
बोलना चाहता हूं मैं, एक के बाद एक
कई ऐसी भाषायें
जिसमें छिप जाये मेरा डर
मेरी कायरता
मेरी मक्कारियां
लेकिन कोई डिक्शनरी ऐसी नहीं मिली
जो चोरी को ईमानदारी
कायरता को बहादुरी
व्याभिचार को सदाचार
दीवार पर थूकने को शहादत
बताती हो.
मेरे हाथ पैरों में जकड़न भर जाती है
उसी पैर में जिससे मैंने लगाये दिन भर सैल्यूट
अंधोरे में भी दिखता है शीशा
चेहरे पर चमकते है दिन के झूठ
जेबों से टपकता है लहू
चीख देती है वो सब रास्ते

जिनके सहारे

फिर मैं लौटता हूं

उसी औरत की गोद में सहमा सा

जिसे दिन भर - महज देह मानता हूं

उस बच्चें को पकड़ कर सहारा खोजता हूं

जिसे समझता हूं मैने जनमा है

बिस्तर के ठीक सामने लटकी

दिन की ड्रैस

पानी के गिलास के साथ

झटकता हूं सिर को

अलार्म बजता है

उगते दिन के साथ उगता है नया चेहरा.

फिर से लौट आती है जबान

..उठो जल्दी मुझे आज बोर्ड मीटिंग्स में जाना है।

7

वो कल तक था, और आज नहीं है

मैं जब भी घर जाता हूं
मां
सवाल पूछती है।
बच्चे, बहू और मेरे बारे में
सब कुछ पूछने के बाद कहती है
मां
शहर में सब अच्छे तो है
सालो-साल तक शहर भोगने के बाद
सवाल से रिश्ता नहीं जोड़ पाता।
मां

शहर में कोई अच्छा या बुरा नहीं होता

शहर में लोग

होते है

या

नहीं होते।

हिसाब इतना ही है

कि वो है या नहीं है।

रिक्शावाला जिसे मैंने चाकू से गोदा हुआ देखा

मृत

अच्छा था कि बुरा नहीं जानता।

लेकिन एक बात साफ थी

वो कल तक था

और आज नहीं है

मेट्रो के रोज के सफर में देखता हूं

ढिढ़ाई के साथ बैठे नौजवानों को

कुढ़ते हुए खडें बूढों की सीटों पर

गर्भवती औरतों या नवजात शिशुओं को गोद में संभाले खडें हुऐ

इस उम्मीद पर कि कोई सीट दे।

न कोई सीट देता

और न कोई किसी को अच्छा या बुरा कहता है।

लोग सिर्फ देखते है, होने को उन नौजवान लोगों के

सुबह निकलते हजारों-लाखों लोगों में भी

शाम को घर लौटते कुछ लोग नहीं होते

जिनको अगले दिन के अखबार में सबसे पहले पढ़ता हूं

कि

ये..ये. नहीं रहे।

कहीं नहीं लिखा दिखता

अच्छे थे कि बुरे।

8

गुलामों की चींख

आंखों को बंद -
-खोल कर देखा
मसला कानों को कई बार
खुद को च्यूंटियों से काट कर जानना चाहा
कही ये सपना तो नहीं
इंसानियत को दीवारों के नीचे दबाएँ
इन दफ्तरों में
बैठे कानों को आदत है
पिन गिरने भर से चौंक जाने की
विदेशी हत्यारों के बनवाये
महल में

नकल करते
सत्ता के पत्तों में उलझें
इन लोगों के कानों तक पहुंची ये चींखें किसकी है
किसकी है इतनी हिम्मत चीख सके अपनी मर्जी से यहां
महल में बैठे बाबूओं की आंखों में
रोशनी भी उनकी मर्जी से आती है
इन गलियारों में कोई चेहरा
तयशुदा माप से अलग नहीं
लाखों मासूम लोगों के खून पर
खडी इस ईमारत के गलियारे कभी चुभे नहीं
काले साहबों की आंखों को
ताकत का साईरन बजाते
लाल बत्ती की कारों में बैठ कर आते
जेब में खोंसी विदेशी कलमें
कागजों में तैयार करते है
देश की गर्दन का माप,
फाईलों में दर्ज करते कुछ ऐसे
ताकि दलालों के जूतों में दबी रहे ये गर्दन
लच्छेदार शब्दों से, खूबसूरत फाईलो में
करोडों लोगों की जिंदगी को और नरक करते

चंद लोगों के जूतों को सिर पर रखे
ये बाबू, ये नेता
चौंक गये बेलगाम आवाजों से
कभी सुनी नहीं इन गलियारों में
हैरत में डूबे गुस्से में भरे
बाबूओं ने पूछा एक-दूसरे से
राख में बदल गये लोगों में
बारूद कहां से आ गयी
उम्मीद को बर्फ के पैरों में दबा कर
बे आवाज काम पर जाते पुतलों में
ये हौंसला कहां से आया
मोबाईल पर विदेशी कंपनियों में
नौकर बनने का ख्वाब पाले हुई पुतलियों में
तिरंगा कहां से लहराया
कैसे सुलझा पाये वो
इन गलियारों तक पहुंचने का तिलिस्म
सौ साल की महल की जिंदगी में
सर झुकाये आये है गुलाम
सिर्फ गुलाम,
भूल से भी कभी

दरवाजे के लोहे को भी नहीं लगी खरोंच
दरवाजे पर ठोंकरे मारते कौन है ये लोग
हैरत में है जाल बुनने वाले
नारे लगाते लोगों की शक्ल सूरत
गुलामों से
अलग नहीं कुछ भी
फिर तौर तरीका इंसानों का कहां आया
कौन है वो जो इन गुलामों को
बादशाह सलामत और उसके वजीरों तक ले आया
तेईस साल की एक जिंदगी
गुमनाम सी जिंदगी
जिसके दर्द से
उधड गई गुलामों के होठों की सीवन
एक गले में घुट गयी चीख से
टूट गई पैरों की जंजीरे
चेहरे और बदन के जख्मों ने
बदल कर रख दिया
गुलामों का गला
अब ये चीख
इन बाबूओं के कानों को फाड कर

— — — — — — — — — — — —

दिल तक पहुंच रही है
खौंफ में डूबे
ताकत के दलालों को बस हैरत है
कैसे एक जिंदगी की डोर टूटने से
टूट सकते है कई सपने
सपनों के टूटने से
टूट सकती है गुलामी की जंजीरें
पत्थर की आंखों में हो सकती है हरकत
कुत्तों के भौंकने से निडर होकर
घुस सकते है वो महलो में
हो सकता है बदल जाये ये तस्वीर
खुद कुत्तों की तादाद बढ़ाकर
फिर से लौटा ली जाएं शांति
हड्डियों को मुंह में डाले
खुद के खून से प्यास बुझाते
कुत्तों की भीड़
गुलामों को चीथ दे
लौटा दे उनको
गुमनामी के अंधकार में वापस
लेकिन

ये बाबू याद रखेंगे
एक ख्बाव टूटने से
टूट सकते है तिलिस्म
ढह सकती है
झूठ की ईमारत
और सबसे बड़ी
बात
उग सकते है हजारो लाखों ख्वाब
पथराई आंखों में भी

9

डर आत्मा से खुरचता ही नहीं

अलार्म रोज बजता है,
चौंक कर आंखें खुलती है,
पसीने से भींगें जिस्म के साथ मैं सबसे पहले टटोलता हूं
जल को
हाथ जब तक उसको छूता है
तब तक आंखें भी देख लेती है उसको मुस्कुराकट के साथ
सोए हुये
कई बार मिल जाती है बीबी भी बगल में लेटी हुयी
और कई बार खाली दिखता है उसका बिस्तर
चीखता हूं
.... रश्मि
हाथ में चाकू लिये

या फिर आटे से सने हुए हाथों में
तेजी घुसती है बेडरूम में
और पूछती है
क्या हुआ
कुछ नहीं,
तुम ठीक हो ना
चप्पलें पैरों में डालता हुआ
संयत होने की कोशिश करता हूं
रात बीत गयी
डर
है कि खत्म नहीं होता।
कुछ न कुछ हो जायेगा
रात भर सड़कों पर घूमते रहे है लुटेरे
पुलिस वालों की जीप में बैठकर
....
मेरा घर बच गया है
आज रात

10

अब दिन को बोता कौन है

सर्द रातों में रजाई के अंदर गुड़ गुड़ हुए सपनों की दुनिया में,

कुछ आवाजें आकर दस्तक देती थी

धीमे-धीमे अँधेरे में रोशनी को टटोलती आंखों को

दिखता था बीच में रखा एक अंगार

कुछ देर में दिमाग जागता था कि

रात के आखिरी पहर में

हुक्के की बंसी नाच रही है

एक हाथ से दूसरे हाथ जाती बंसी और बीच में सुलग रहा चिलम का अंगार

हमेशा मुझे एक अचरज रहा कि जैसे अंधेरे में

खाटों के घेरे में बैठे ये बुजुर्ग एक दूसरे के हाथ से ले लेते

है हुक्के की बंसी

उन्हीं आंखों के सहारे, जिनसे दिन में भी कम दिखता है।

फिर से मेरी जब आंखें मुंद जाती

अम्मा की आवाज से आंखें जब खुलती, तो देखता दिन चढ़ आया घर के कच्चे आंगन में

ताऊजी और चाचा सब तो जंगल चले गए।

एक दिन मैंने ताऊ जी से पूछ लिया

क्या करते हो ताऊ जी आप रात के अंधेरे में

जब कोई भी नहीं दिखता बिस्तर के बाहर

हंसी से बिखरते हुए ताऊजी ने कहा

कि हम दिन को बोते हैं तुम्हारे लिए

ताकि वद्र का खूड़ तुमको सीधा मिले।

उनकी हंसी मेरे जेहन में बसी ऐसे है आज भी

जैसे घर के साफ आंगन में कोई बिखेर दे सफेद चावलों का चादर से उछाल कर।

साल दर साल मैं बड़ा होता चला गया

कम होता चला गया बंसी के हुक्के का घेरा

और मेरा गांव आना जाना।

राजधानी में कभी जरूरत नहीं पड़ी बोए हुए दिन को काटने की

सालों बाद गांव लौटा

घेर में अकेले बैठे हुए तांबई से चेहरे वाले ताऊजी को

नौकर के हाथ से भरे हुए हुक्के की बंसी को हाथ में पकड़े हुए

बेहद उदास आंखें, डूबी हुई आवाज से वद्र की डोर को पकड़े हुए

मैंने देखा अब कोई संगी-साथी नहीं है उनके साथ।

लेकिन कई बार बात करते हुए वो भूल कर अपना हाथ बढ़ा देते है अगली खाट की तरु

जैसे थाम लेगा कोई हुक्के की बंसी को उनके हाथ से,

फिर सहसा नींद से जागे हो जैसे वापस अपनी ओर खींच लेते है।

रात को उसी आंगन में सोते वद्र सालों बाद देखा उगे हुए चांद को ठीक उसी तरह

अपने छोटे से बेटे को बगल में लिटाए

रात भर देखता रहा, एक अकेले बूढ़े इंसान की उलझन को

मैं देखता रहा, कब रात का आखिरी पहर हो

कब ताऊं जी उठें और कोई खाटों के बिछे घेरे से उनके हाथों से थाम ले हुक्के की बंसी

फुसफुसाहटों के शोर से उठ जाएं मेरा बेटा

और ये देख ले कि किस तरह से दिन को बोते है बुजुर्ग

ताकि उसके लिए वद्र का खूड़ हमेशा सीधाा रहे।

ताऊ जी की खांसी की आवाज नौकर का उठकर चिलम भरना

और मेरे अंदर जम गए सन्नाटे में, बस एक आवाज थी
जिसको गले का रास्ता नहीं मिल रहा था।

ताऊजी एक बार फिर से दिन को बो दो

मेरे बेटे के लिए ।

11

ताकत में कुछ भी गलत नहीं होता।

मैं तुमको यहां नीचे खड़ा दिखता हूं,
नीचा नहीं हूं मैं, यहां खड़ा होकर भी।
हां मेरे फैसले अब मैं नहीं ले रहा हूं,
लेकिन फैसले ले रहे है जो,
उन्हें जानता हूं मैं।
मेरी कुछ उल्टी चालों ने
यहां,
ला पटका मुझे
वरना तो कम नहीं थी
सत्ता के शतरंज की मेरी समझ

मैंने कुछ गलतियां की
कुछ छोटी. कुछ बड़ी
अपनों को धोखा दिया,
अजनबियों को जी भर के लूटा
बेसहाराओं को दोनो हाथों लपेटा
भीड़ में नारे लगाये, उनके भविष्य को बेचते हुए
मौका मिलते ही धक्का दिया आगे वाले को
मैं समझता रहा
ये बड़ी गलतियां की मैंने,
बॉस के कहने से नहीं बदले शब्द
कहने पर उनके
झूठ तो लिखा सच की ही तरह
लेकिन उसमें नुद्रें डाल दिये अपनी समझ से
जिस्म थी लड़कियां, औरतें
चादर-तौलिये और कपड़ों बदलते है जैसे
ऐसे ही बदली जाती है औरतें
ये अच्छी बात नहीं है कह बैठा मैं कई बार
हो सकता है ये उतना गलत न होता
अगर मैंने कहा होता अकेले में
मैंने बक दिया भीड़ में

जिसकी इच्छा नहीं है
उसको नौकरी/तरक्की के नाम पर
बिस्तर पर बिछाना ठीक नहीं,
सोचा ये छोटी-छोटी गलती है मेरी
यूं तो सब कुछ ठीक करने की कोशिश की मैंने
अपने झूठ को नया समय
लालच को जरूरत, लूट को मजबूरी
बॉस के पैरों में लेटने को एक्सरसाईज कहकर छिपाया
हर किताब खरीदी मैंने
जो भी बड़े लोगों के शेल्फ में थी,
फोन में थे ताकतवर लोगों के नाम, नंबर
समझ में ठीक था,
ताकत की तुला के इशारे सही समझता था
हवा के बदलने से पहले बदल लेता था पाला
किस्मत के मारों को नाकारा
भीख मांगते लोगों को काहिल
भूख के खिलाफ आवाज उठाते आदमियों को
ढोंगी, गद्दार, विदेशी एजेंट लिख सकता था
खूबसूरत वंदना को बदल सकता था निंदा में
बस थोडा सा गड़बड़ हो गया

जिसे में समझता रहा अपनी बड़ी गलतियां
वो तो गुण थे
और जिसे समझ मैंने छोटी गलतियां
वहीं तो सबसे बड़े अवगुण थे
समझ के इस फेर से
फिर गया मेरा समय
मैं फैसले लेता था जिनके बारे में
मुझे फेंक दिया उसी भीड़ में उठाकर
समझ गया हूं मैं
हर वद्र हाथ चलने थे
दूसरों के गले और जेंब पर
नारों और नींद दोनों में करनी थी
ताकत की पूजा
ताकत में कुछ भी गलत नहीं होता।
ताकत से कुछ भी गलत नहीं होता।

12

भेडियों का लोकतंत्र

डर सिर्फ भेड़ों को ही नहीं लगता है।
भेडिये को भी दर्द होता है।
डरते है वो भी खत्म होने से
उन्हें भी मालूम होते है मौत के मायने
इसी लिये वो भी इकट्ठा होते है
भेड़ों के बाड़े के बाहर
अपने दर्द के बयान लिए
कई बार भेड़ियों को बोलते हुए सुनना
भय की बातों को दोहराना होता है
मंच पर चिल्लाते हुए भेडियों को सुनना
दर्द से बिलखते हुए आंतक का, अपने लिये रहम की उम्मीद रखना

भेड़ों को लग सकता है किस तरह से खतरे में उनके
रहनुमाओं की पीढ़ी
र मैदान में प के मंच से
हैरानी देखने वालों को हो सकती है
भेड़ों के लिए रोते बिलखते हुए भेडिये
भेडियों के बच्चों को दर्द हो रहा है
सूखी घास से जिंदा है मेमने भेडों के
हजारों एकड़ के विशाल जंगलों पर काबिज भेडों को
हरी घास के लिये चलना पड़ रहा है भेड़ों को
ये साजिश है किन्ही दूसरे भेडियों की
दांत में कई बार हड्डियों के फंसने से भी नुकसान होता है
गले में भेड़ों की हड्डियों से सांस हो गयी बंद
इतनी सी बात से खत्म नहीं हो सकते है भेडिये
किस तरह से संभालना है जंगल
किस तरह से रखना है अपना रेवड़ सही सलामत
खाने के तरीके को बदलना होगा
हर भेडियों को ईजाद करनी होगी खुद की तरकीब
मंच पर चिल्ला रहे भेडियों को गुस्सा है
उस झुंड पर
जो बिना बाडें पर कब्जा जमाये खा जाना चाहते है

मेमने, भेड़ इसी लिए इस क को चाहिये ताकत भेड़ों की

भेडें चिल्ला रही है रहनुमाओं के लिये

उनको सिखाया गया है अगर खून से नहीं धुले दांत भेडियों के

बढ़ जायेगी पैदावार भेड़ों की

खत्म हो जायेगी घास जंगल की

भेड़ों को बचाने की जद्दोंजहद में भेडियें भिडे है

देसी भेडियें चाहते है विदेशी भेडियों की तकनीक

जो दूसरे जंगल से आने वाले भेडियों के पास है

ऐसे कई तरीके जिससे खत्म कर सकते है वो रेवड़ के रेवड

एक झटके में

और इन्हीं तरीकों को देश में लाने के लिए, भेड़ों के दिमाग में छाया डर दूर कर रहे है

देशी भेडियें

घास तेजी से बढ़ेगी,

पानी की कमी में भी घास उग सकती है और भी कई तकनीके है,

बेकार नहीं जाएगा कूड़ा सूख गयी घास से भी निकल आयेगा रस

लेकिन ये आसान नहीं है देसी भेडियें के लिये

खतरा है दूसरे के झुंड से
जिसको अभी मांस में हिस्सेदारी नहीं मिल रही है
जंगल के कई हिस्सों में जरूर उनको भेडों
ने चुना है।
लेकन उनकी नजर है पूरे जंगल पर
वो रोक रहे है विदेशी तकनीक
भेड़ों को डराकर
शायद बहक न जाएं
भेड़े ऐसे देशी भेडियों से
यही डर है जो इस वद्र
सत्ता में बैठे झुंड को डरा रहा है
कुछ भेड़ों के जेहन में उठने लगे है सवाल
कुछ भेडें पूछ रही है सवाल
भेडियों का डर यही है
दिमाग में लगाएं हुए तालें कही खुल न जाए
भेडियों के मुंह पर लग न जाए लगाम
इसको लेकर रो रहे है भेड़ियें
सालों से दादा भेडिया,
नाना भेडिया, मां भेडिया, या बाप भेडिया के सहारे चल रही,
भेडियों की नयी पीढी है बेहद शातिर है

उसने सब कुछ सीखा है विदेशी भेडियों के ट्रैनिंग स्कूलों में
स्कूल जहां गलती करना नहीं सिखाया जाता
तकनीक के सहारे नुक्स दूर किया जाता है
गुस्से को मुस्कुराहट की जरूरत नहीं
अपने खून में सने दांतों को छुपाना है
बेहद खुशबूदार माउथ वाश से
नफासत दिखे बात चीत के अंदाज में
समझ हो दुनिया के जंगलों की
बाप के नाम पर चुन लेगी भेड़े इनको
भेड़ों को डर है भेडियों के खत्म होने का
वो जानती है पीढियों से इन भेडियों की
खाने का सलीका
बच्चों को उठाने का सलीका किस कदर ये नोंचते है जिस्म
काली भेड हो या फिर सफेद
नोंचने से पहले नारा लगाते है क्रमश

13

महान लेखक सत्ता के मंच पर

फूलमालाओं से लदे गले
खूबसूरत सच के चेहरे
मंच से आती आवाज
कानों तक पहुंचतें पहुचतें
झूठ क्यों हो जाती है
आंखों से जो दिख रहा
वो कानों तक पहुंचता क्यों नहीं
मैंने देखा है कई बार इस चेहरे को
किताबों के सहारे
गले में अटके गीतों को,

गम से गूंगे, दर्द से बहरे हुए
जिंदगी की काठी में
दम लेने भर के लिए फंसे लोगों की आवाज को
अपनी लेखनी से सांस देते हुए
शब्द जैसे दर्द से दहक रहे हो
लाईनों में बह रहा हो अपमान का अंगार
लाईनों को पढ़ा और नमन किया कई बार
मंच पर ये क्या कह रहे है
मेरी आंखों में दिमाग के सहारे दिखी लाईने
धुधंली क्यों दिख रही है
आवाज, उन लाईनों से मिल क्यों नहीं रही है
जो इनके नाम से किताबों में लिखी गयी है
मंच पर बैठी सत्ता का गुणगान
झूठ का अभिवादन सीना तान
इसी के लिये हासिल किया था
क्या
इतना यश इतना मान
ये बेबसी कौन सी है
चेहरे पर ये हंसी कौन सी है
दिखता है ये कौन सा

चरित्र सत्ता के सामने
सच के आईनों मे शक्ल बदलते
तुम भी वही निकले
केंचुलियों से घिरे
पद के मोह में
सत्ता के चरण चुंबन के लिये
गरीब के दर्द को अपना हथियार बनाते
मंच को गालियां दे कर
वहां तक पहुंचने के लिये
सीढियों का रास्ता बनाते
मैं लाईने फाड़ नहीं सकता
तुम्हारे लिखे को मिटा नहीं सकता
मान लेता हूं
तुम कोई और हो
वो लाईनें जिसकी थी
वो कोई और था

14

सलीका सीख गया हूं रहने का

इन दिनों
सलीके से रहना आ गया।
कौन से हाथ में पकड़ना है
चाकू और कांटा
कहां से काटना है
और कहां से लगाना है कांटा
वाईन के साथ उठाना है
पहले कौन सा चिप्स
भूने हुए आलू के साथ कौन सी वाईन बेहतर है।
कितने एंगल पर झुकना है,

झुकते हुए आंखें कहा रखनी है
एक लड़की, एक महिला और बूढ़ी औरत के लिए
दायें से रास्ता दे कर आगे निकलना है,
बाएं पर रूकना है.
मेरी मुस्कुराहट का पैमाना भी
लगभग सही हो गया है
मैंने मेहनत से सीखा है
कितने दांतों को खोलना चाहिए
ताकतवर के सामने हंसते हुए
कितनी घृणा से डूब जाना चाहिए चेहरा
कमजोर को साथ बिठाकर
मेरी बातों में भी
नपा-तुला अंदाज है
मेरे मजाक में छिपे हुए राज है
आप मुझ पर हंस रहे हो
मुझे जवाब देना है
तुम्हारी पहुंच देखकर
मेरे से गलती नहीं होती है
कार का मेक बताने में
एंटीक की कीमत आंकने में

अक्सर दुनिया के किस शहर की
क्या चीज बेहतर है.
क्यों ऑफिस में
सुंदर सेक्रेट्री हो
शाम के वद्र रखने वाली लड़की की उम्र क्या हो
किस अंदाज में उस लड़की का इस्तेमाल करना है
चारे और प्यार दोनों की तरह
ताकतवर की निगाह में चढ़ जाएं तो
किस खूबसूरती से लड़की को छोड़ देना है उसकी बाहों में
फिर हिसाब रखना है फायदे का
ये सलीका, ये अदब,
ये तरीका मेरी सालों की मेहनत का नतीजा है।
मेहनत इस अदब को सीखने में नहीं
मेरे दोस्त पहले सीखी हुएं को भूलने में लगी
जिंदा होने में तकलीफ नहीं
मारे हुए को दफनाने में हुई।

15

शहर बदल गया

बस स्टैंड के सामने झोपड़ी नहीं फ्लैट दिखने लगे,
खाली पड़े मैदान में रातों-रात उग आया मॉल,
कूचा अमीर सिंह, चोर गली, गली संगतराशान, के नाम पर
रिक्शा वाले तो दूर दुकान वाले भी होने लगे हैरान,
लेकिन कभी नहीं लगा कि शहर बदल गया।
अपने ही स्कूल की इमारत में खुल गया साईं मंदिर,
खेल के मैदान में पुलिस का थाना,
स्टेशन पर बन गये कई और प्लेटफार्म,
लेकिन शहर नहीं बदला,
मैं जा कर भी नहीं गया इस शहर से,
लेकिन

दोस्त की आंखों में जब शरारत नहीं समझदारी दिखायी दे,
होली से उठता धुंआं आंखों में कड़वा लगने लगे,
रास्ता पूछने पर कोई आदमी तुम्हारी तरु पलटे भी नहीं
तब लगता है कि शहर बदल गया है।
साल दर साल त्यौहार पर शहर लौटने में
बदलाव की चमक आंखों को चौंधियाने लगे,
खूबसूरत लडकियों के पतों, से निकले बच्चों पर चिल्लाती हुयी औरते
मां से हर बार किसी ऐसे रिश्तेदार की बात सुनना, जिससे आप मिले ही ना हो
लगता है कि शहर बदल गया है।
जब इंतजार लंबा हो जाये कि भीड़ से चिल्ला कर कोई आदमी आप से पूछे
अरे क्या कर रहे हो आजकल
बेपरवाह कोई धौल जमा दे कमर पर,
और कोई उलाहना न मिले एक पूरी रात और दो दिन में भी
तब लगता है कि शहर बदल गया।
और आज लगा कि मैं आकर भी इस शहर में हूं नहीं
किसी भी पल में हिस्सेदार...........।

16

सच की दुविधा

छीनने के लिये पैसा, लूटने के लिये मकान।

नारों के लिये ईश्वर,

और नेता दोनों ही सहज उपलब्ध।

मकान लूट लू या नारा लगाऊं,

मैं क्या करूं,

हत्याओं के लिये आदमी, झपटने के लिये कार

हटाने के लिये नैतिक बोध, मिटाने के लिये नक्शे

तब मैं क्या करूं

बलात्कार करने के लिये लड़कियां,

ठगने के लिये स्त्रियां

छलने के बुढियाएं सारी

मैं क्या करूं।

जलाने के लिये बस्तियां,

लूटने के लिये बाजार।

इन सबसे भी बड़ा है व्यापार।

मैं क्या करूं।

17

मैं पत्थर पर यकीं कर रहा हूं आदतन

मैं पत्थर पर यकीं कर रहा हूं आदतन
वो खुद को तेज कर रहा है इरादतन
मुझे यकीन हैं बदल दूंगा उसकी फितरत
वो मुत्मईन है तोड़ देगा मेरी हसरत
मेरा वजूद मेरे हौंसले में हैं
उसकी हस्ती तोड़ने में है
मेरे ईरादों की गर्मी से ये पिघल जायेगा
उसकी सोच का ठंडापन ये भी गुजर जायेगा
चाहता हूं कि कुछ देर वो सीने से लगे अपना हो ले
उसका इंतजार हो खत्म मुलाकात और ये भी रो ले

18

मैं तुम को प्यार करता हूं।

समंदर की अथाह जलराशि,
नीले रंग का असीम फैलाव,
उमड़ती आवाज का जादू,
मैं मूक हो गया
जब मैंने पहली बार समंदर देखा।
रूई के फाहों सी टपकती,
सफेद ही सफेद,
आकाश से टपक रही हो रोशनी,
मैं खामोश था जब मैंने देखी,
पहली बार गिरती बर्फ।
धवल हिमशिखर,

इतने खूबसूरत कि कोई सानी नहीं,
मेरे आनंद को मिल सके न कोई शब्द,
कुदरत की खूबसूरती के आगे
हमेशा की तरह बेआवाज मैं।
तुम को ये शिकायत क्यों है मुझसे
तुम मिली मुझे...इतनी बार, और
मैंने प्रेम कहा नहीं।

19

महाभारत में मैं ही जला

अपने महाभारत में मैं ही जला
मैं ही लड़ा
मुझे कोई कृष्ण ना मिला
ना कोई बल था
ना कोई छल था
निपट अकेला, निहत्था
ना मैंने किसी से राज मांगा था
ना मेरे पास था मैं
फिर भी युद्ध में था
ना मुझे गीता मिली ना सारथी
ना धार्म था ना अधर्म था

ना वो जय थी ना पराक्रम था

ना युद्ध के नियम थे, ना कोई जयघोष था

मैं चलता, मैं जलता

मैं रूकता, मैं मरता

20

फरेब में कट गयी जिंदगी....

सच कहूं कि चुप रहूं
हूं जो वही दिखूं, या कुछ ओर लगूं
सोचता रहा हूं दिन रात
...और फरेब में कट गयी जिंदगी
खूबसूरत बनने की तलाश करूं
या
खूबसूरत लोगों के साथ रहूं
उलझा रहा इसी उलझन में रात-दिन
..और फरेब में कट गयी जिंदगी

21

तुम मत रोना मां.......।

सर्द रात में
अकेले कफी वद्र गुजारा है तारों की छांव में
बंदूक के सहारे,
कई बार मेरा कंधा काम आया
अपने सिपाहियों को विदाई देने में,
आज गुजर रहा हूं आखिरी बार अपने शहर की सड़कों से
तिंरगे में लिपटा हुआ
ट्रक पर चलते देख रहा हूं आखिरी बार.....
लोग दुखी है,
सुबह घर से निकलते ही जाम मिलने से
देर हो जायेगी उनको दफ्तर पहुंचने में

ट्रैफिक जाम हो गया मेरा अंतिम वाहन को रास्ता देने में,
ट्रैफिक पुलिस का सिपाही दुखी है,
चार घंटे तो यूं ही गुजर गये सड़क पर
बचे चार घंटे में
कितने ट्रक गुजरेंगे
कितनी वसूली हो पायेगी
इस तरह से तिरंगे में लिपटी लाशों के आने-जाने में
सुबह की डयूटी में ही आना था इस लाश को भी
उसे
मेरा नाम मालूम है.. न.... ही वो जानना चाहता है मेरी
शहादत की वजह
उसको एक ही उम्मीद है कि अधिकारी लौट जायेंगे
वही से
और वो कर पायेगा अपना रोजमर्रा का काम.....
आगे चल रही जीप का सीओ भी दुखी है
आज के केस में कुछ मिलना था
नेताजी का मामला था
कुछ तारीफ
तो कुछ माल भी मिल जाता
अब चला जायेगा केस दूसरे सीओ प्रताप के पास

अच्छी ड्यूटी लगी इस लाश के साथ ....
मेरे बचपन के दोस्त नहीं थे
मेरी आखिरी विदाई के वक़्त
सुबोध आईबीएम बैंगलोर है
विनोद इस वक़्त यूएस में
कमल भी यूके चला गया था,
तुमको जल्द ही मिल जायेगे
उनके खत
जिसमें दुखी होंगे मेरे यूं असमय जाने से
लेकिन ये लिखेंगे जरूर कि उनको गर्व है
मेरी शहादत पर,
मां,
गली का लाला भी दुखी है
दुकान बंद करनी होंगी जब तक लाश गली में है,
वो बता रहा है
शर्मा जी का लड़का जब से मेजर बना है
खूब माल बना रहा होगा
उसको मालूम है मेरे जाने के बाद
तुमको मिलेगा लाखों रुपया
मिल जाये शायद किसी पेट्रोल पंप का लाईसेंस भी

कितना पैसा आ सकता है,

ये बता सकता है वो अभी कुछ ही पलों में

उसकी उँगलियों में सिमटा है सब हिसाब,

रक्षा मंत्री भी दुखी है,

चुनाव की सीटों को लेकर समझौता करना है दूसरी पार्टी से

हाईकमान का आदेश है

ऐसे में एक लाश पर फूल चढ़ाने जाना

टाईम खराब करना होगा

शायद उनको याद भी न रहे मेरी,

....अपनी फ्लाईट के टाईमटेबल के बीच,

मुझे श्मशान तक और भी जाने कितने दुखी चेहरों को देखना होगा मां

लेकिन

घर से दफ्तर जाने वाले लोगों का घर और दफ्तर

ट्रैफिक पुलिस के सिपाही का चौराहा और घर

सीओ का ऑफिस या फिर श्मशान तक का रास्ता

ये सब उसी सीमा के अंदर आता है ना मां

जिसमें घुसना चाहते थे आतंकवादी

उनसे

देश बचाने में छलनी हो गया मेरा जिस्म

सब दुखी है......

लेकिन

तुम मत रोना मां

तुमने तिलक लगाकर भेजा था सीमा पर

सबके मना करने के बावजूद..

तुम तो जानती हो मां

मेरी शहादत

और अपने दूध की कीमत

तुम मत रोना मां।

22

दोस्त से बातचीत

तुम जानते हो यार
ओबामा अमेरिका को बदल देंगे।
ओसामा छिपा है हिंदुकुश के पहाडों में,
इजराईल ने बना लिया है नया रडार,
आतंकियों के हाथ लग सकता है कैमीकल बम।
हैंड्रान से मिल सकता है गक्क्ड पार्टिक्लस,
है भगवान हैच फंड से बैठ गया भट्ठा देश की अर्थव्यवस्था का।
बैगन...टमाटर मत खाना हो सकता है कैंसर,
दो पैंग शराब से पीने से रहेगा दिल मजबूत
मालूम नहीं है मुझे ये सब,
लेकिन तुम बताओ दोस्त

आखिरी बार कब देखा था तुमने ख्वाब
कि
खेतों में तितलियों के पीछे दौड रहा तुम्हारा बेटा
और उसे पकड़ रहे हो तुम,
या
तुम्हारी गोद में बैठा बेटा पूछ रहा
पापा यदि चांद हमारा मामा है तो घर क्यों नहीं आता.
उसमें काला दाग क्यों हैं।
तुमने कब देखा था नीम और शीशम के पत्तों का अंतर
आखिरी बार।
और कौन सा पेड कटा आखिरी में
घर से स्कूल के रास्ते पर
जिसके दोनों और पेड ही पेड थे।
हां
मैं जानता हूं ये बात
नया सीखने के लिये पुराना भूलना पड़ता है
........शायद........हां ...शायद....नहीं

23

मुतालिक का हमला औरतों पर

मुतालिक हिटलर है,..........

मेरी आवाज में गुस्सा था,

दिखाना जरूरी था

क्योंकि एंकर भी गुस्से में थी,

इसका ख्याल रखते हुये

मेकअप न बिगड़ जाये,

या आवाज में दिख न उम्र का असर।

बहुत मुश्किल होता है आवाज को सुरीला रखना

बढ़ती उम्र के बावजूद,

एंकर जानती है आवाज की तेजी एक सीमा से बढ़ी नहीं

कि प्रोडयूसर को मौका मिल जायेगा कहने का

उम्र हो गयी है इसकी, अब प्राईम टाईम में नयी एंकर को जगह दो,

मुझे चौट करनी थी उनके साथ जिनकी इंग्लिश बेहद क्नीस थी,

बहुत नाराज थी वो सब मुतालिक सेना के पब पर हमले से,

कुछ ने पिंक चढ्ढियां भेजी, कुछ ने दौरा किया

कुछ ने अखबारों में लिखा कुछ ने टीवी पर चिल्लाया,

आखिर आईटी सिटी में हमला था देश की तरक्कीया“ता लड़कियों पर

चौट लंबी थी, चर्चा देर तक चली,

मेकअप को ठीक करती शालीन औरते मुस्करा रही थी

चर्चा में कही अपनी धाारदार बातों को याद करके।

और मुझे गुजरना था,

दिल्ली की जीबी रोड से,

मेरठ के वैली बाजार से,

कोलकता के सोनागाछी से,

और मुंबई के कमाठीपुरा जैसे हर शहर के बाजार से...........
...,

जहां इतनी देर में मुझ जैसे चार ग्राहक निबटा चुकी होगी

औरते जैसी दिखने वाली मांस और हड्डी की मूर्तियां
मुतालिक क्यों नहीं जाते तुम उधार......,
शालीन औरतों को उधर नहीं जाना चाहिये दाग लग जाता है
कैमरे के ढंके लैंस में तस्वीरे नहीं उभरती है जनाब

24

मेरे पास एक जनम था, चुनना था कई जनमों को

इसी जनम में मुझे जीना था
सच
कई जनमों का,
इसी जनम में मुझे
बोलना सुनना था
झूठ
सातों दुनिया का,
बनाने थे रिश्ते सात जनमों के
भोगने थे
पाप

कितने जनमों के

कमाना था

पुण्य

अगले जनमों का

इतना ही नहीं

जान लेना था

इस दुनिया को

भूल जाना था पुरानी दुनिया को

मेरे पास एक जनम था

उम्मीद थीं कई जनमों की

मुझे दोहराना था

शैतान से

हजारों जनमों की लड़ाई को

मुझे गाना था

अजनमा

ईश्वर की असीम बड़ाई को,

मेरे पास एक जनम था

चुनना था कई जनमों को

फिर

मैंने तुम को चुन लिया

बाकी

सब

छोड़ दिया

मैंने

अगले जनमों के लिये।

25

मैं झूठ बोलता रहा

तुमने (राजनेता)
कहा आग
मैंने कहा जला देगी
नहीं तुमने इशारा किया,
मैंने कहा रोटी पका देगी
तुमने कहा पानी
मैंने कहा बहा देगा
तुमने इशारा किया
मैंने कहा जीवन देगा
तुमने कहा हवा
मैंने कहा उडा देगी

तुम्हारा इशारा
मैंने कहा सांसे देगी
तुमने कहा जमीन
मैंने कहा उलट जायेगी
इशारा तुम्हारा था
मैंने कहा घर देगी
तुमने कहा आसमान
मैंने कहा फट जायेगा
तुमने इशारा किया
मैंने कहा छत देगा
तुम्हारे कब्जे में आग, हवा, पानी, जमीन और आसमान आया
आग ने तुम्हारी रोटियां पकाई
हवा ने तुम्हारी सांसे बढ़ाई
पानी आनंद दिया
जमीन पर महल खड़े किये
और आसमान में हवाई जहाज उडाये
मैं चिल्लाया
तो तुमने कहा झूठ
और कोई इशारा नहीं था
आग से जली, हवा से महरूम, पानी से तरसती,

बेघर, धूप से तपती जनता चिल्लायी

सच

मैं उनके लिये जनता से झूठ बोलता रहा।

26

मैं शक के दायरे में हूं आजकल

मैं शक के दायरे में हूं इन दिनो
हर दिन, हर जगह, हर पल
दिख रहा है कुछ
समझ रहा हूं कुछ
खूबसूरती, ताकत
उभरती मल्टीस्टोरी
चमकते मॉल्स, दमकते चेहरे
तेजी से दौडता बाजार दिखता है
रात/दिन
ऊपर की और चढ़ता सेंसेक्स का ग्राफ

तस्वीरों से चमकते चेहरे

रैंप पर चढ़ते-उतरते चेहरे

जींस के बटन खुलवाते कसरती जिस्म

बटन खोलते हुये गुलाबी हाथ

मेरी नजर में है दिन-रात

झिलमिलाते तारों सी मुस्कुराहट के साथ

समाचार पढ़ती है एंकर

खनखनाती हंसी के साथ सामान खोलती लडकी

मोहक अंदाज, बेदाग अंग्रेजी में समझाते लडके

दिखते है माल्स हो या शोरूम

कम्प्यूटर पर तेजी से उंगलियां चलाती लडकियां

कार हो या फाईटर प्लेन चलाती लडकियां

लेकिन

दिमाग वो समझ नहीं पा रहा है

जो दिखा रही है नजरे ।

हजार वाट की

नियान लाईटों से बाहर निकलते ही

शुरू होते है

पार्किंग के अंधेरे

बस स्टाप की रोती हुयी हुयी रोशनी में

अधपूछी लिपिस्टिक
आंखों से चिपकी उदासी के साथ
ऑटो-बस का इंतजार करती लडकी
ये तो वही चेहरा था।
रूक कर कोने में कस्टम शॉप पर
मोल-भाव करते
लडके की इंग्लिश कहां गयी।
समाचार
जो पढ़े नहीं गये
भूख से मरते परिवार
आत्महत्या करने वाले दंपत्ति
बस से कुचले गये बाप का
इंतजार करती मासूम आंखे
मॉल्स की रोशनी में अचानक
चढ़ जाती है मेरे दिमाग में
अखबार न पढ़ूं,
इंधर ने देखूं,
उधर न सुनूं,
क्या न करूं,
शक से बाहर आने को मैं।

स्क्रीन से ओझल
कंपनी का कोट उतारती एंकर
सैंडिल का फ्लैफ बांधती एंकर,
गाड़ी कब मिलेगी,
शिफ्ट क्या लगेगी,
कुछ तो था जो समझ नहीं पायी,
पढ़ गयी
अकाल मौत को
बेटी से बाप के बलात्कार को
मुस्कुराहट के साथ।
वरूण गांधी जेल में है,
लालू मुनाफे से चमकती रेल में है,
सचिन धोनी एड के खेल में है,
तीसरा-चौथा मोर्चा दिलों के मेल में है,
दिख रहा है रात दिन।
बेघर राहुल सोनिया
बे-कार है
मेरे पास एक अदद मोटरसाईकिल
घर और कार है।
दाई जानती थी मेरे जन्म के वद्र,

स्विस बैंकों में जमा होते है पैसे।

आडवानी ने हाल ही में जाना पहली बार

काला धान विदेशों में इकट्ठा होता है ऐसे।

आम चुनाव की कवरेज है,

देश का नक्शा ब्यूरों चीफ के सामने पेश है,

यूपी, दिल्ली, बिहार, महाराष्ट्र, राजस्थान पूरा,

मध्यप्रदेश में कुछ फेस है,

नार्थ ईस्ट, साउथ स्टेट से...

परहेज है।

नक्शे में पूरा दिखता

समझ में नहीं आता

कहां तक मेरा देश है।

मेरी जुबान पर मुझे शक है,

चिल्ला देगी कभी भी,

कही भी,

ये सब फरेब है।

.....मैं शक के दायरे में हूं इन दिनों

27

यादों मे रह गयी शाम

उन पवित्र शामों में
कुछ भी याद रखने लायक नहीं था
सिवा
उस रोशनी के
जो तारों की झिलमिलाहटों को ढंक देती थी
तुम्हारी आंखों से निकलती थी
ऐसा कुछ भी नहीं था
जो रख लिया जाता
जिंदगी की जैकेट में
अज्ञात रास्तों के नक्शों की तरह
तह करके

सिवा
तेरे चेहरें पर उमड़ती हंसी के
कोई भी चीज नहीं थी
उन धुंधलकों में
जो गीला कर पाती अंदर से
जैसे रेत सींझ रही हो समुद्र तल में
सिवा
तेरी आवाज के झरनों से
मेरे अंदर जमीं सीलन के
ऐसा कुछ भी रखा गया
हवा के सीने पर जो
लहरा कर गुजरे
नयी पत्तियों की टहनियों की तरह
सिवा
रूक रूक कर रखे गये कुछ कदमों के
मुझे क्यों याद रहे
वो
पवित्र शामें
ऐसा क्या था
जो मैं याद रखूं

28

चेहरा बदलते हुए अंधा हो जाता हूं, मैं

एक चेहरे से पाया मैंने,
एक चेहरे से खो दिया,
यही दर्द है,
चेहरे बदलने का।
दर्प से उल्लसित,
विजयी चेहरे के साथ,
मिलता हूं दुनिया से,
मैं,
पराजित चेहरे में,
नितांत अकेला, निराश,

दर्पण के साथ,
इन्हीं में से किसी चेहरे से,
जुड़ गयी थी,
तुम
तुम्हें याद है अब तक वो चेहरा,
मैं भूल भी गया वो चेहरा,
तुम रोज मुझ में तलाशती हो उसी आवाज को,
मैं गफलत में चेहरे बदलता हूं जल्दी जल्दी,
लेकिन खोज नहीं पा रहा उसी चेहरे को,
काम निकला और चेहरा गायब,
यहीं उसूल है ज्यादातर चेहरों को लगाने का,
तुम मेरे करीब आयी,
मेरे चेहरे ने पा लिया वो,
जिसके लिये बना था वो
फिर बदल गया दुनिया के लिये,
चेहरा बदलते हुए अंधा हो जाता हूं,
मैं,
केंचुली बदलते हुए,
सांप,
कैसे याद करूं,

मैं,

अपने खोये हुए चेहरे को,

लेकिन,

सोचना जरूर कभी,

कहां से सीखा

मैंने

चेहरे बदलना।

29

कौन सा धर्मयुद्ध

तलवार मेरे हाथ में थी...
उन्होंने दी थी,
धाार इतनी तेज कि खतरनाक नहीं.... खूबसूरत लगी,
चमक इतनी कि आंखे चौंधियां दी.
फिर मेरे हाथ में गीता दी,
कहां कि धार्म युद्ध में रिश्ते नहीं होते,
सिर्फ़ कर्तव्य होता है,
बात साफ थी,
तलवार को अपने और पराये में अंतर नहीं करना था,
मेरे उडा दी हर वो गर्दन जो भी मेरी पहुंच में थी,
पहुंच में थे, रिश्तेदार, दोस्त और जान-पहचान के लोग।

सब को मैंने देखा

रोटी के लिये लड़ते हुये।

रोटी के लिये रेंगते हुये,

लेकिन ये लोग शांति को खतरा थे,

और मेरे कानों में गीता गूंज रही थी,

जमीन पर लुढ़कती हर एक गर्दन मुझे नशा देती थी,

फर्ज पर मर-मिटने का नशा,

तलवार घूमाते-घूमाते मैं थक कर झुका... तो नजर में आ गया उनका चेहरा

मेरे हाथ में तलवार देने वाले लोग,

खून से प्यास बुझा रहे थे,

मेरी तलवार से मारे गये लोगों के खून से,

मैं अकबकाया .....

मेरा हाथ धीमा हुआ,

मैंने उनकी तरु घूरा,

चिल्लाया कि क्या ये धर्मसम्मत हैं,

उनकी आंखों में डर नहीं उपहास था,

उन्होंने हंसते हुए कहा कि लो हो गयी इसकी जबान भी गज भर लंबी

इसका दौर भी पूरा हुआ,

मैं तलवार उठाता उनके खिलाफ,
उससे पहले ही मेरे पांव फिसलने लगे,
मैंने पहली बार देखा उनकी जमीन को,
जिस पर मैं खड़ा था,
वो खाई पर जमी... बर्फ की जमीन थी
जिसके नीचे उन्होंने अब आग जला दी थी।

30

कारगिल हार भी जाते तो क्या होता?

विजय समारोह से
लौटते वद्ध
एक राष्ट्रीय स्मारक की दीवार पर
एक युवक को पेशाब करते देखा
एक ख्याल आया
कारगिल हार भी जाते तो क्या होता।

31

कत्ल की कारीगिरी

सैंकड़ों बार हुआ है
आंख के सामने
दड़बें से निकाले गये मुर्गे को
बचे पंखों से पकड़ कर
हाथों में तौला गया
और फिर फेंक दिया गया वापस दड़बें में
दड़बें में मचे तूफान में
कोई दूसरा बाहर चला गया हाथों में जकड़ कर
बाएं हाथ में सधे हुए तरीके से पत्थर पर गर्दन
एक ऊंचाई तक उठा दाएं हाथ का चमकदार चाकू
एक वार और गर्दन गिर गई टोकरी में

फिर बचे कुछे पंखों की सफाई

सब कुछ इतना साफ़ और सधा हुआ

आप तारीफ कर सकते है,

मशीन को मात देती कारीगरी की

सफाई से बिछाया गया एल्यूमीनियम का पतरा

खून के धब्बों से बचाने के लिए पन्नी का मोटा कवर

दडबे में फेंके गए

मुर्गे को मिले पल, घंटे या दिन

इसका फैसला फिर से किसी एक उंगली पर है

उस निगाह पर है जो आकर देखती है

और तय करती है अपने पेट के नाप से उसकी गर्दन का नाप

जिस्म को नापती-तौलती उंगलियां

पहरन के पर्दों को बेपरदा करती निगाहें

जिस्म का नाप और अपनी भूख के बीच

दूरी तय करती है कीमत

दड़बे की सलाखों और मकान की खूबसूरती

दुकान का पत्थर और कमरे का बिस्तर

साफ सुथरे रखने की कवायद

मशीन को मात करती कारीगिरी

निगाह और उंगलियों दूसरों की
जिंदगी की मोहलत मुर्गों की
काश कभी जबां सीख लेता
पूछता उन पलों के बारे में
जो पल जिएं दडबे से कसाई के हाथों तक
और हाथों से वापस दड़बें में
और फिर
पत्थर तक वापस आने में।

32

आधी रात को आजादी

एक खामोश सी चादर शहर पर है
बोलते हुए लोगों के ऊपर
शहर के बीचों-बीच मारे गये लोगों की निगाह
टिक गयी शहर में बसे हुए लोगों पर।
हिल गये अंतस में
डूब गयी एक आवाज को दबाने में जुट गया शहर
आवाज जो गले से निकली ही नहीं
लेकिन कानों में बजती रही जोर से-
- चोर है सब
बुरी तरह पिट कर निकले लोगों की निगाह में
ये शहर था जहां उनकी धुंधली सी आवाज

अपने भाईयों के लिए
घुट गए बचपन के लिए
और गुमशुदा जवानियों के लिए
निकल कर-
गले गूंज बन जाती
लेकिन
शहर में खरीद कर लाएं गये बांस के डंडों में
रूंध कर रह गयी।
रात के तीसरे पहर में दौड़ते वद्ध
उनको
याद नहीं रहा
तिंरगा जो मचान पर खंभें के बांध दिया गया था
नहीं दिख रहा था लालकिले का वो मचान
जिस पर पचासियों बार प्रधाानमंत्रियों ने
माईक से आवाज बढ़ा कर
गोरों के भाग जाने का आश्वासन दिया था।
कांपते-हाथों और जाम की चढ़ गई गर्मी से
नर्म गद्दे में धंस कर नाराज उन्होंने होते हुए कहा
नींद खराब हो जाती है
रामलीला मैदान से आते हुए खर्राटों से

अंधेरे में ढूंढ़ते हुए शत्रु शिविरों को,

आग लगाकर मिटा देना है बचे ना नामो-निशान

इतना आदेश ही बहुत था

सदियों के अनुभव को अपने में समेटे हुए

वर्दी के अनुशासन को।

उधार पुलिस पर यकीन रखने वालों को नशे के बाद हरारत हुई

गोपीनाथ बाजार में सपने में डूबी लड़की

जीने के अधिकार को सीने से लगाएं घूम रही थी

उठाया

रौंदा

फेंक दिया

वापस उसी जगह पर

सफेद से लाल हो गये खून से सने कपड़े

एजेंसी को शक है

जरूर किसी संगठन से रिश्ता है इसका

लाल कपड़े पहने

और आंखों में सपने लिए घूम रही थी

अकेले

राजधानी की सड़कों पर।

इस बीच ढोंगियों को लगा दिया

ठिकाने
भगा दिया सड़कों पर
बेघर बेचारों की तरह
सड़कों पर दौड़ते
नींद में इधर–उधर हाथ मारते
लोगों के साहबों
अंदर का राक्षस
दिख रहा था संसद
से
लेकर अकबर रोड़ तक,
आखिर नंगें हाथ और
भूख के सहारे
खतरा बन सकते थे
हजारों लोग
मासूम दिखने वाले
औरतों बच्चों और बूढ़ों के चेहरे।
बदल गया फोकस कैमरे का
फ्रेम में चीखतें बौंनों को
दिखाई दे रहा था
किसी पिरामिड के ज्यामितीय ज्ञान की तरह

कभी लगता है कि भीड़ आवारा नहीं है

कभी लगता है ढोंगी बाबा के पास सरकार उड़ाने के बम है

झूठ के सहारे चलती एकाउंटिंग में

100 के चालान से बचने के लिए

कमिश्नर तक की कुर्सी हिलाने वाले बौंनों को

मैंदान में मिट्टी कुचलने वाले ढ़ोंगी के भद्रों के खिलाफ़

फ्रेम बनाने थे, कलम चलानी और ढूंढने थे ऐसे शब्द

जो संसदीय लोकतंत्र को बचाने में मददगार रहे

इसके लिए जूता दिखाने वाले को पिटते देखने से ज्यादा

मजा है

खुद जूता उतार कर जूतिया दिया जाएं

क्रमश.....

33

ख्वाब हूं कि एक ख्वाब में हूं

एक ख्वाब हूं
कि
एक ख्वाब में हूं
झूठ बोलता हुआ
सच हूं
कि
सच बोलता हुआ
झूठ
दुनिया आँखों में है
कि

दुनिया की आंखों में हूं

रास्ते से गुजर रहा हूं

कि

रास्ता मुझ से गुजर रहा है

मै किसी को समझ रहा हूं

कि

मुझे समझा रहा है कोई

34

मां को चिट्ठी 01

मां
तुमने रोक क्यों नहीं लिया मुझे,
इस शहर आने से
कितना आसान था
तेरे पास
सच को सच
झूठ को झूठ कहना
तुम्हारे आशीष सदा सच बोलने के
चुभ रहे है
अब...
किसका सच बोलूं

दफ्तर का

घर का

रास्तों का

किससे सच बोलूं

बॉस से

दोस्त से

दुकानदार से

प्रेमिका से

या

इन सबसे अलग

अपने आप को

शीशे में देखकर सच बोलूं

दिन भर जो शरीर गतिमान रहता है

रात को घावों से टपकता दर्द बन जाता है

कितना आसान था

मां

विश्वास कर लेना

सहजता से

दुख

सुख

प्यार
या नफरत पर
जाने क्यों
अब विश्वास नहीं होता
भीख मांगते भिखारी की दयनीयता पर
झुंझला सा जाता हूं
मदद के अनुग्रह पर
मां
कितना मुश्किल था
तेरे पास ये मान लेना
कि चोर दिन में भी निकलते होंगे
जीत शेर की नहीं
सियार की होंगी
खरगोश जिंदा नहीं रहेगे
बिना दांतों के
यहां
अब
कितना सहज हो गया हूं
रोज मरते हुये
लोगों के बीच से गुजरते हुये

मां

याद ही नहीं आती

तेरी सुनायी हुई कहानी

कि

आखिर में जीत हुयी सही इंसान की

कितना सरल था

दोस्त-दुश्मन पहचानना

मां

मुझे रोक लेती

तो

अब बहुत कठिन नहीं रहता

मुझे सच और झूठ के बीच निकलना

मां

वहां

आज भी डरता ..मैं

पेड़ों पर उल्टे लटके चमगादडों से

गांव के कोनों पर बनीं बांबियों से

दिन में कहानी सुनने से

अब

ये सब बकवास लगते है

मां तुमने रोक क्यों नहीं लिया

मुझे शहर आने से

....

कल एक ब्लाग में किसी ने लिखा कि कवियों को मां शहर में आकर ही क्यों याद आती है। बात तो सही थी। मैंने भी जब शहर में नया-नया आया था, मां को याद किया। लेकिन ये कहना शायद ज्यादती होंगी कि लोग मां को सिर्फ लिखने के लिये ही याद करते है। मां घने पेड़ की तरह होती है जब तक उसकी छांव में रहते है तो पेड़ से कितना फल मिलता है ये सोचते है लेकिन छांव को याद नहीं करते। और जैसे ही तेज धूप में जाते है तो सिर्फ पेड़ की छांव याद रहती है फल नहीं।

35

जन्म की तारीख

किसी भी तारीख को मैं हो सकता था,

वो तारीख भी दोहराई जाती हजारों लाखों बार,

लिहाजा किसी एक तारीख का तुमको याद दिलाना कुछ भी नहीं,

मैंने तुमको लाखों शब्द कहे होंगे,

लेकिन एक भी ऐसा नहीं जो कहा न गया हो,

मैं तुमको जीना चाहता था इस तरह से जैसे किसी को जिया न गया हो,

लेकिन ऐसा कोई भी तरीका मैं खोज नहीं पाया।

हर बार याद आ गयी किसी और की जो इस तरह से गुजर गया।

जिंदगी भर किसी काम को करना चाहा इस तरह,
जो सिर्फ मैं ही कर पाऊ
कोई और न सोच सके न कर सके।
लेकिन मैं ऐसा कुछ भी न कर पाया
जीना एक इंसान के जिस्म में सबसे मुश्किल था
और इसे आसान बनने में बीत गया एक पूरा जीवन।

36

जुबां का सच उतना दिलफरेब क्यूं नहीं

आंखों में कुछ जुबां से कुछ
दिल में जो वो कहता क्यूं नहीं
टूट-टूट कर बिखर रहा है अंदर
आंखों से बहता क्यूं नहीं
सफर दर सफर घूमता दर दर
जिसे मंजिल कहता है उन आंखों में रहता क्यूं नहीं
आंखों का फरेब है जितना दिलकश
जुंबा का सच उतना दिलफ़रेब क्यूं नहीं

....

राख है अभी, कुछ देर में बिखर जायेगी

एक जले हुए ख्वाब की तुमको याद तो आयेगी
देखा, रूकी, मुस्कुराई, चली जायेगी
जिंदगी कहां देर तलक किसी को मनायेंगी

....

टूटी हुई ही सही आस रहनी रहनी चाहिये
भरे गले में भी एक प्यास रहनी चाहिये।

37

टुकड़ों में कुछ

बहुत वद्र लगा इस शहर को जीने में यारों
खंजर मेरी भी आस्तींन में था
शमशीरों के इस शहर में
दिल नहीं मिला किसी के सीनें में यारों
हर चीज की कीमत यहां
हर एक अहसास के दाम यहां
शीशें से पत्थर तोड़ों
खून बहाकर रिश्तें जोड़ों
हुनर है तो मंजिल के लिए
धोखा है मंजिल का नाम यहां
धोखा खाया तो सीख लिया

धोखा दिया तो जीत लिया
आंखों में चमक की कमी नहीं
मुस्कुराहटों में बस नमी नहीं
हमने भी बहुत सीखा-भूला
पर अपनी बिसात जमी नहीं

38

न कोई वादे का

न खतो-किताबत
इस तरह भी कोई जाता है
महफिल से रूठकर।
लहर से बच गयी तो क्या
वद्र की हवा थी जो ले गई
रेत की तस्वीर थी उसकी याद
गिरी और बिखर गई टूटकर

39

जिंदगी की प्यास और शैलेन्द्र

शैलेन्द्र सिंह के जाने की खबर मैंने सुनी तो यकीन नहीं हुआ। शैलेन्द्र से आखिरी मुलाकात तो कई साल पहले हुयी थी। लेकिन जब उनका गजल संग्रह आना था तो एक दिन मेरे पास उनका फोन आया था। मैंने वादा किया था कि उनके गजल संग्रह के विमोचन के दिन मैं जरूर आऊंगा। जा नहीं पाया। उनके जाने के बाद लोगों ने उनके बारे में कहा, लिखा और सुनाया। मैं उनके ज्यादातर किस्सों में तो शामिल नहीं था लेकिन मुझे याद है कि एक बार मैं कई सारी किताबे खरीद कर उनके सामने से गुजर रहा था उन्होंने किताबे देखी और एक किताब अपने पढ़ने के लिये रख ली। मैंने बाद में वापस करने के लिए कहा तो उन्होंने कहा कि वो किताब तो अब मैं इस जन्म में तुमको वापस नहीं करूंगा। बात भूली सी हो गयी थी लेकिन उनके जाने के बाद किताब का नाम याद आया ....जिंदगी की प्यास।

कितने किस्सों में रह गया वो आदमी,
जिंदगी को कितनी तरह से कह गया वो आदमी।
चला गया हमेशा के लिये कितनों के लिये,
कितनों की यादों में रह गया वो आदमी।
रास्ते पर सहमा सा खडा था वो आदमी,
रफ्तार में जिंदगी खो गया वो आदमी।

40

एक दिन तुम से मिलूंगा मैं

एक दिन मैं तुमसे मिलूंगा,
एक बार मिलना है मैंने सोच रखा है
आंखों में आंखें डालकर
वो सब बताऊंगा जो तुम जानना चाहोगें,
इतने सारे चेहरों को हटाकर
सारे झूठ को पार कर
मैं आऊंगा, एक रोज तुमसे मिलने
मेरी मजबूरियां, मेरी जरूरतें,
उस दिन रोक न सकेंगी मेरे पैर
मेरी हंसी, मेरी आवाज में
कोई पर्दा नहीं होगा उस दिन

मेरी उदासियों में शामिल नहीं होगा कोई झूठ
मेरी बातें किसी अंधों कुएं से आती हुई आवाज नहीं
जबां से कोई छल नहीं
दिन भर मेरे आस-पास मैं रहूंगा
सिर्फ मैं
वक्र के रंग, चलन से दूर
वो लड़का जिसके लिए
आसमान में लड़ी पतंगों की लड़ाईयों
की कीमत
दिल्ली की गद्दी से ज्यादा होती थी।
दुनिया के किसी भी आतिशबाजी से दिलचस्प
नालियों मे लड़ते पिल्लों की लडाई।
मां से खूबसूरत न कोई चीज बनी थी दुनिया में
न बाप से ज्यादा ताकतवर इंसान
दिन के रथ पर चढ़कर
मिट्टी के महाभारत से निकल कर
पहुंच गया इस शहर में
तब से अब तक मुलाकात नहीं हुई
इस वादे के साथ मिलूंगा मैं तुमसे
एक रोज, यूहीं बस एक सच के साथ

देख लो मुझे

मैं वही हूं

मैं वही हूं।

41

आवारा अशरार

न कहूं तो खुद से,
कहूं तो तुझ से डर लगता है।
मोम के लोग,
राख की जन्नत है
उगे न सूरज उगे,
चले न हवा
इस दौर ए शहंशाह की मन्नत है।

....

खुद से खडा हुआं तो तन्हा हूं
झुकता था तो लोग आवाजें देते थे मुझे
नजर नीची रखीं तो बाअदब था
नजरें उठीं तो बेअदब जमाने ने कहा मुझे।

....

दर्द दो, मुस्कुरा दो..
ये हुनर मुझको न सिखा
जब्त है मुझमें बहुत
तू बस अपना जलवा दिखा।

....

मुझे रह–रह कर तेरी रहबरी पर शक होता है
तू जिसे मंजिल कहता है मुझे मौत का घर दिखायी देता है

....

तू चाहता है कि गिर कर खुदा से मांगूं तूझे
मेरी फितरत है कि गिर कर खुदा भी नहीं चाहिये मुझे

42

आंख और आईना

आंख और आईने में फर्क होता है,
आंखों में मोहब्बत होती है
नफरत होती है,
आईना लकीरें दिखला देता है,
आंखों में लकीरे लिखावट में बदल जाती है।
आईना न सुंदर देखता है,
ना मेरी बदसूरती पर बिसूरता है,
दिखला देता है जो भी आईने के सामने है
खुला ..
लेकिन आंखों में दिख सकता है इश्क भी
अश्क भी,

बस एक चीज जिसके लिये मुझे तुम्हारी आंखे नहीं आईना चाहिये

वो है मेरी उम्र,

आईना बता देता है सही सही

लेकिन तुम्हारी आंखों में नमी आ जाती है

43

अब तुम रूठते नहीं

अब तुम रूठते नहीं हो
मैं मनाता नहीं,
तुम तोड़ते नहीं
मैं भी अब रेत के घरोंदें बनाता नहीं।
वक्त था गुजर गया
एक भी लम्हा वापस आता नहीं।
इस रात से उस रात तक
लड़ने की बातें
जाग-जाग कर चांद के सहारे
छोटी सी मुलाकातें
रात भी आती है

चांद भी दिखता है

आवारा सा

अब वो पहले मुस्कुराता नहीं।

आग थी सो बुझ गयी

राख से कोई दिया जलाता नहीं।

44

अजब लोग है, खौलते क्यों नहीं

जुबां मुंह में
सवाल जेहन में
फिर भी लब खामोश हैं
अजब लोग हैं बोलते क्यों नहीं...
आंखों में जूनूं भी
बदन में तपिश भी है
गुजरते है बिना जुंबिश के
अजब लोग है
जुल्म सहते है बेआवाज
अपने को तौलते क्यों नहीं
मौहब्बत भी दिल में

थिरकन भी बांहों में

खून देखते है सड़कों पर, खमोश....

अजब लोग है

खौलते क्यों नहीं

45

मैं नहीं डरता था, बिके हुए डर से

मेरे बचपन में,
मैं डर सकता था किसी से भी
मेरे वद्र में नहीं बिका था डर
ऐसे में मुझे ही तय करना था
बचपन को रंगीन करने के लिए
किससे डरना है मुझे।
मैं गांव के किनारे बने रेत टीलों से डरा
घरों में सुनसान पड़े कमरों से भी डरा
मैंने डर कर देखा पीपल के पेड़ों को
अंधेरे में तेज हवा से झूलते

हल्के-फुल्के पेड़ों से भी डर लिया कभी-कभी
रात को घेर में सोते वद्र
मुझे
अहसास हुआ कि कभी भी आ सकता है
सिर कटा हुआ भूत, या बैचेन डायन
मैंने पसीने से भीगी रात काट दी
मां की बगल में या पिता के साथ लिपट कर
सारे डर की बनी डोर में
जो सच्चा डर था
ताऊजी की पिटाई का,
या
कभी कभी मैं कुछ सामान टूट जाने से
मां से भी डर सच्चा होता था।
डर के हजार आईनों में देखता था
तो सबसे बड़ा डर मां ने दिया
झूठ बोलना यानि पत्थर हो जाना
किसी प्यासे को पानी न देना
यानि अगले जन्म में प्यासा रहना
भिखारी को डांटना

मतलब कई जन्मों तक
भूख के रेगिस्तान में भटकना
ऐसे डर के बहुत से रंगों से
बुनता रहा जिंदगी की चादर
मेरी जिंदगी में डर का दायरा
मेरे डर से भी छोटा था
जिसकी सीमा में आ जाते थे
गांव के सूने पड़े मंदिर
शहर के बीच में बना स्कूल
जिसमें खूबसूरत जीनों से फिसलते वद्र
आत्माराम मास्टर जी का डंडे का डर
याद न करने के बावजूद
भूल जाना क्लास में
कि
आज टेस्ट है जिसके नंबर पिताजी की मेज पर रखने है
इस सब डर से निकल कर महानगर पहुंच गया।
लेकिन
पांच साल के बेटे की जिंदगी में
जब भी दखल देता हूं
लगता है कि डर भी डर नहीं है उसका

जल के डर बाजार के बडे होने के साथ ही बदल गये
अब उसको कोई बूढ़ी औरत नहीं डरा पाती है
उसको डर नहीं लगता है किसी अंधोरे कमरे से
बिल्डर ने हर कमरे में रोशनी के लिए प्लान बनाया है
इस शहर में बिना पोस्टर लाउड्स्पीकर के कोई मंदिर नहीं है
वीरान पड़े घर किताबों में सिमट गये।
अब उसको डरना पड़ता है
हर उस डर से जो बिक सकता है।
डोर में कीआई नहीं है
सिक्योरिटी के कैमरे नहीं है कॉलोनी में,
नया पैगासिस आया है
बहुत खतरनाक
घर के बाहर आवारा गाडियों से डर है
कुचल सकते है गाडियों में चलने वाले राक्षस
भीख मांगने वाले उठा सकते है
खाकी वर्दी वाले उठाकर बेच सकते है
अंग बेचने वाले,
इंसानी जिस्म को बेचने वाले
ऐसे तमाम डर से घिरा
आजक

उसके पास एक भी डर ऐसा नहीं है जो
उसने भरा हो अपने बचपन के कैनवस पर
आलीशान और एअर कंडीशन्ड
ऑफिसों में तैयार हो रहा है डर
घर में चल रहे टीवी के
हर फ्रेम में उतर रहा है डर
सच की रोशनी में सदियों के भूतों की
झूठी समझी गई कहानियों से
सिल्वर स्क्रीन के सहारे
उसके दिमाग में भर दिया डर
अब डर जीने से फिसलने पर नहीं
रिपोर्ट कार्ड में गिरने से लगता है
प्रलय की झूठी खबरों के बीच
दुनिया तबाह करने के रोजमर्रा के
खबरी झूठों के बीच जनमता है डर
ऐसा डर जिसमें उसका कुछ भी नहीं है
सिवा उस डर के जो उसके बीच समा
गया है खबरों के स्ट्रिंगर की तरह
वो नहीं डरता है मेरे डर से
मैं हर पल डरता रहता हूं उसके डर से

46

बेटे को सीख

बाहर मत जाना अकेले......।

अकेले दरवाजा मत खोलना।

पार्क में किसी अनजान आदमी के पास न जाना।

प्रसाद ही क्यों न हो पुजारी का दिया, बाहर किसी से लेकर कुछ न खाना।

सीखा रहा हूं अपने बेटे को रात दिन।

लेकिन

किसी को दरवाजे पर देखकर दरवाजा खट से खोलना

दरवाजा खुला देख कर फट से बाहर निकलना।

इंसान को देखकर, भले ही अनजान हो मुस्कुराना।

तीन साल की जिंदगी में ही सीख चुका है वो इतनी बाते।

जो उसकी जिंदगी को आसान नहीं मुश्किल कर देंगी।

उसको सीखना है किसी भी तरह से जिंदा रहना।

उसे फरिश्तों में नहीं इंसानों में रहना है।

47

जल स्कूल जायेगा....।

जल
मैं इस दरवाजे तक तुम्हारे साथ हूं।
मैंने तुम्हे सिखाया है,
सच बोलना,
गलती हो तो मान लेना,
संभल कर चलना,
कुछ बाते जो मैंने सीखी
संभाल कर रखी
और तुम तक पहुंचाया
बाअदब....
मेरे पुरखों की तहजीब।

अब इस दरवाजे के अंदर
तुम को जो सीखना है
उसमें मेरा दखल नहीं है।
तुम्हें जन्म दिया,
नाम दिया मैंने,
लेकिन अंदर तुम को सीखना है,
तरीका... जिंदगी जीने के लिये,
तुम जिनको चुनोगे
जिंदगी में अपने साथी
वो बता देंगे मुझे तुम्हारी....
आगे की जिंदगी के रास्तों का पता।
मैं छोड़ रहा हूं,
आज....
तुमको इस दरवाजे के अंदर
जहां से जिंदगी की कोरी किताब पर
तुमको लिखने होंगे अपने अक्षर
ये दरवाजा
जिसे दुनिया स्कूल कहती है
मेरे लिये तुम्हारी आगे की दुनिया का

कैनवास है,

जिसकी कूंचिया तुमको तराशनी होंगी

जिसके रंग तुम को भरने होंगे।

48

जल का टीवी

जल ने जब पहली बार आंखे खोली
अहसास किया एक बेहद प्यारे से स्पर्श का
शब्द दिया मां
लगा जिंदगी जीने के लिये मिली है
कुछ देर बाद एक हाथ जिसमें
प्यार था लेकिन मां की तरह कोमल नहीं
वो बाप का हाथ था
लगा कि जिम्मेदारियां से कडक हो जाती है जिंदगी
फिर कुछ सफेद कपडों पहने नर्से और डॉक्टर मिले
प्यार और देखरेख की जिंदगी में कडवे घूंट
और इंजेक्शन की चुभन भी सहनी होगी।

ये दुनिया बड़ी आसान सी दुनिया थी
लेकिन घर में जब जल ने टीवी देखा
तो उसकी समझ से बाहर हो गयी दुनिया
और अब वो जिस दुनिया में जी रहा है वों
मां-बाप, डॉक्टर और नर्स की दुनिया नहीं हैं
ये वो दुनिया भी नहीं है
जिसमें जिये है उसके पुरखे।
जल को रास्ता बनाना है
उस दुनिया में
जो जमीन पर नहीं, हवा के सहारे चलती है।
जिसमें इंसान खून से नहीं फ्रेम से पहचाना जाता है।

49

कैसे जियोगे जल अपनी जिंदगी

शिकारियों ने मार गिराया शेर को पालतू कुत्तों के साथ,
शेरों की संख्या अब जल्दी हो जायेगी निल....,
लेकिन शेर नहीं बदलता अपनी आदत,
बारिश में तलाश करना साये की,
पेड हो या फिर कोई मुंडेर,
हर पंछी की यही जरूरत होती है।
मैंने बाद में जाना कि बादलों के पार....
उड जाता है बाज बारिश से बचने के लिये,
बाज खत्म हो रहे है अंधाधुंध शिकार के चलते।
इन सबके बीच ......

जल,
मैं जो कह नहीं पा रहा हूं,
तुम्हारी जानने की उम्र के बावजूद.......
अपनी शर्तों पर जीना,
हर रोज मौत की उम्मीद के साथ,
या
कुत्तों के पट्टे में,
शेरों का शिकार करते हुये,
मालिकों के हांके पर नोंचते हुये
घेरे में आये शिकार को,
उनकी शर्तों पर जीते हुये,
उसके बाद हासिल मांस के छोटे से टुकड़े से पेट भरकर,
शांति से मरना एक कुत्ते की मौत,
इन दोनों रास्तों में कौन सा रास्ता तुम चुनोगे,
मैं नहीं जानता,
जिंदा रहा तो तुम्हारी चालधउडान से मुझे पता चल जायेगा।
मैं नहीं रहा तो.
श्राद्ध करने से बेहतर होगा
लिख कर रख दो मेरे पास।
कि तुमने कौन सा जीवन जिया।

और एक बात जो मैं तुम को जरूर बताउंगा,

मेरे पिता खुश नहीं है,

मेरे शांत जीवन की शर्तों से,

50

काले को काला सफेद को सफेद कहना

काला
वो बोले
भय से भीगी जनता चिल्लाई.... काला,
लेकिन वो काला रंग नहीं था
मैंने हाथों से मली आंखें बार-बार
दिमाग पर जोर डाला कई बार,
लेकिन ये तो नहीं है काला
मेरे चारो ओर घिर आये लोग
जोर देकर उन्होंने कहा कि काला

ध्यान से देखा मैंने फिर

लेकिन ये नहीं है काला

थोड़ी धीमी हो गयी थी मेरी आवाज

वो जिनकी तेज निगाह थी मुझ पर

उन्होंने कहा देखो धयान से

अचानक मुझे लगने लगा कि हां वो काला ही तो है

भीड़ से आवाज मिलाकर मैं चिल्लाया

हां.... कितना..... काला,

उसके बाद से मुझे नहीं मिला उनके किसी भी रंग में अंतर

जो वो देखते रहे, मुझे भी लगता रहा वैसा ही

मैंने काले को सफेद, सफेद को हरा,

हरे को लाल और नीले को कहा काला

और फिर मैं भूल गया कि मैंने क्या कहा किस को

लेकिन

मेरे हाथ कांप रहे है आज

मुश्किल हो रही है मुझे बोलने में

जल पूछ रहा है,

रंगों की किताब हाथ में लेकर

पापा जरा बताओं तो ये कौन सा रंग है

मैं समझ नहीं पा रहा हूं

कि

इसको कौन सा रंग कौन सा बताना है।

51

ख्वाब से रिश्ता

तुम्हारों ख्वाबों से मेरी नींद का कोई रिश्ता जरूर है,
बीच रात खुलती है मेरी नींद तो तुम कसमसा रहे होते हो,
मेरी आंखे खुलती है जब भी हल्के से,
तुम नींद में मुस्करा रहे होते हो,
अचानक उठा जब मैं चौंक कर
तुम नींद में किसी ख्वाब में घबरा रहे होते हो।
मैं समझ नहीं पाता कि क्या रिश्ता है
लेकिन जल............... मेरे बेटे
मेरी गोद में सोने की जिद के बाद
तुम्हारीं धीरे-धीरे बंद होती आंखों में
जैसे ही कोई ख्वाव पनपता है,

मेरी आंखों में भी नींद पसर जाती है।
कुछ यूं ही है तीन साल से मेरी
और तुम्हारी नींद का अनजाना रिश्ता।

52

सायक की उम्मीद

सायक को
कोई शिकायत नहीं है
उसे उम्मीद है।
रोता नहीं है बस देखता है
आस-पास
वद्र को
खेल और सपनों के बीच पुल बनाने में डूबे भाई को
काम में दिन को धोती हुई अपनी मां को
धीमें-धीमें बोलने से पहले खामोश होते हुए अपने पिता को
वो धीरे-धीरे झपकाता है पलकों को
उसको उम्मीद है-शिकायत नहीं

पलकों उठने गिरने से चौंक जाएंगा भाई
मां रोक देंगी दिन को उथलने का काम
पिता की आवाज में लौंट आएँगी गर्मी
कोई ध्यान नहीं देता
लेकिन उसे कोई शिकायत नहीं है
वो धीमें से हिल़ाता है अपने हाथ-पांव
आवाज के भारी पर्दे गिराता-उठाता है
इधार-उधर घूमती नजर में कोई शिकायत नहीं
उम्मीद रहती है
वो आया है
दुनिया की ऐसी गोद से
जहां वो शिकायत कर जिंदा नहीं रह सकता था
वहां सिर्फ उम्मीद थी
अंधेंरों में डूबे उन महीनों ने
सायक को सिखाया है
उम्मीद रखना
चारों ओर से बंद दीवारों में
भी सांस ली जा सकती है
जिंदा रहने के लिए
ली जा सकती है खुराक

और जरूरत नहीं होती

किसी इंसान के बनाएं किसी कपड़े की

लेकिन कितनी जल्दी

ये सब बदल सकता है

ये दुनिया सायक को बदल देंगी

उम्मीद की जिंदगी से

शिकायत करते एक मासूम में।

क्या सिर्फ यहीं है

इस दुनिया के पास

एक उम्मीद

के बदले में

53

रास्ता

मुझसे जो कहा गया
मैं वही नहीं बन पाया
खेल के मैदान में कहा गया,
मुझे बड़ा खिलाडी बनना है
मैं सही से खेल नहीं पाया
स्कूल में मुझे सबको टॉप करना था
और मैं अपने ही सबक भूल गया।
मुझे जब पढना था, मैंने खेलने को तरजीह दी
और जब खेलना था, तब मैं पढ़ने लगा

इस तरह खो गया अपने रास्ते
अब जल कहता है पापा खेलना है
मैं कहता हूं कि हां... यदि मन करे तो
और जब वो कहता है कि पापा किताब
तो मैं कहता हूं हां यदि पढ़ना चाहों तो
रास्ता तुमको तय करना है,
जूते मेरे मत पहनना।

54

रंग उतारे हुये

शीशे में उतरते हैं रंग
मैं उतार कर अपना चेहरा जब भी देखता हूं शीशे में
अजनबी सा दिखता हूं,
अधूरे ख्यालों से लिखी गयी किताब का
वो पन्ना
जो किसी को नहीं पढ़ना है
लेकिन लिखना था, किताब की जिल्द सही करने के लिये,
मेरा बेटा मेरी गोद सवालों से भर देता है
मैं जवाब देना शुरू करता हूं और खो जाता हूं
लेकिन उसके सवालों में जो भी बात होती है
मेरे उतार कर रखे गये चेहरे से जुड़ती है

मैं भूलना चाहता हूं उसको थोड़ी देर
लेकिन बेटे ने मेरा चेहरा कभी नहीं देखा उतरा हुआ
वो जानता है तो बस इतना
कि पापा कभी झूठ नहीं बोलते।
बात को अधूरी ही रहने देता हुआ
मैं
जब भी सोचने लगता हूं
मेरी बीबी कहती है
कि
बच्चों को हमेशा सही जबाव देने से क्यों बचते हो
वो नहीं जानती है
कि दस साल पहले उसने जिस को चुना था
वो अधूरे रंगों की तस्वीर था
उसने रंग भरने की कोशिश की थी
कुछ दिन
मैं भी समझता रहा
कि मेरा चेहरा उसके
प्यार में
रंगा गया है.
उसके जाने बिना भी मैं समझ गया था

कि चेहरे पर प्यार के रंग बदलते मौसम की तरह होते है
जो आते तो हर साल है
लेकिन हर बार पहले वाली बात से महरूम होते है।
कई बार जब झांकती है मेरी आंखों में
मेरी बीबी
तो कहती है कि
इतना सोचना अच्छी बात नहीं है
बच्चे के साथ खेलों
भूल जाओं गये दुनिया के रंग

55

दीवार पर दुनिया

मैं घर का दरवाजा खोलता हूं,

सबसे पहले देखता हूं दीवार,

कई रंगों की आड़ी-तिरछी लाईनों से भरी,

मेरे घर की दीवार।

नयी लाईन को तलाशता हूं,

और फिर उसमें खोजता हूं, डायनासोर, ट्रैन, मेट्रो या फिर प्लेन।

इतने में जल चिल्लाता है, पापा मैंने आज क्या बनाया है।

और उस उलझी हुयी दुनिया से फिर नयी लाइन उभरने लगती है.

नयी तस्वीरें, उतनी ही खूबसूरत जितनी तीन साल की दुनिया की आंखों को लगती है।

शुक्रिया जल,

तुमने ला दिया मेरे घर की दीवारों को मेरे इतना करीब

जब मैं चाहूं छू सकता हूं, देख सकता हूं, उभरती लाईनें,
तुम्हारी विस्तार लेती दुनिया,

और मुझसे सांसे लेते हुये एक बाप को.

शुक्रिया जल।

56

बेटा बन रहा हूं एक बार

दिन भर दुनिया में,
अपने हिस्से का नमक बहाकर लौटता हूं,
दो मंजिला घर की सीढिंया चढते वद्र,
न मुझे दुनिया की याद रहती है,
न दुनिया में बहाये अपने नमक की,
मेरा सारा ख्याल बस एक घंटी में बस जाता है,
मैं घंटी बजाता हूं,
दो दरवाजे पार अंदर से उठता है जैसे एक तूफान,
दरवाजे के सीखंचों के बीच से झांकता है,
जल..
पापा आ गये,

मैं भूल जाता हूं,
दुनिया में कम हो गया मेरा एक और दिन,
मेरे गले मे उसकी बांहे,
मुझे बेगाना कर देती है,
इन दरवाजों से बाहर की दुनिया से,
मेरे दिल की धड़कन,
जैसे उसकी धड़कन से मिलती है,
मेरी सांस में उसकी हवा महकती है,
मैंने कभी नहीं सोचा था,
पिताजी घर में घुसते ही,
क्यों पूछते है,
कहां गया है बब्लू,
घर से बाहर इस वक़्त,
जब भी लौटता हूं घर पर,
क्यों नहीं मिलता है घर पर,
कभी पढ़ नहीं पाया,
पिताजी की आंखों को,
पल भर में क्या-क्या गुजर जाता है,
उनकी आंखों के सामने से,
जब वो देखते हैं लौट कर मुझे,

जल मेरी बांहों में है, और मैं समझ रहा हूं
मेरी गोद में जल नहीं
पिताजी की गोद में खेल रहा
बब्लू है
कैसे समझूं
कि
मैं बेटा बन रहा हूं
फिर से एक बार

57

माँ

क्या कहती मां
पहाड़ों में डूबते उन लोगों की जिंदगी पर
काम में डूबे हुए अपने बेटे को
बेरहमी से मारते हुए उन्हीं लोगों की हरकतों पर
क्या सोचती मां,
क्या रोते हुए
उन बदनसीब लोगों को कोसती मेरी मां,
पानी के सैलाब में तबाह भीड़
और भीड़ के बीच से पीड़ाओं के तार उठाकर
एक महीन कपड़े की तरह बुनकर
दुनिया की निगाह के सामने

रखने की कोशिश में पिटते हुए
देखना अपने प्यारे बेटे को
एक मां को कैसा लगता
ऐसे ही सैकड़ों सवालों के जवाब
तलाशता हूं मैं हर बार
जब भी मां को खोजना होता है
एक लोटा जल में
एक थाली खाने में
मां को खूबसूरत दिखने वाली चीजों में
ऐसा क्या था जो उन्हें खूबसूरत बनाता था
ऐसा क्या कि रूक कर पूछ लेती थी किसी भी बच्चें का नाम
मंदिर की दीवारों पर चिपकी हुई अपनी प्रार्थनाओं में
ऐसा क्या जादू का वजूका बांधती थी मां
कि
सालों बाद भी उस मंदिर की सीढियां न चढ़नें बावजूद
सैकड़ों किलोमीटर दूर पिटते हुए बेटे के
शरीर पर लिपटते उन प्रार्थनाओं के शब्द
रोकने की कोशिश करते थे मार के असर को,
कई बार याद करने पर भी याद नहीं आती

ऐसी कोई याचना
गोद में बैठे हुए बेटे की सलामती के अलावा
कुछ और मांग रही हो मां
साल दर साल
मेरी आवाज की नदी का प्रवाह होता है धीमा
समय के भंवरों में गुम होती मां, नदी के कोने में सिमटती है
लेकिन नदी धीमी हुई या चली तेज
मां दिये की लौ की तरह
लपलपाती है किसी भी अपशगुन पर
तेज धाराओं में बहती है मेरे लिए
शुभकामनाएं जुटाती हुई
शांत धाराओं में रास्ता बताती हुई
कितनी ही खूबसूरत चीजों को देखकर
भी
उसको यकीन था अपने बेटे के सबसे खूबसूरत होने का
एक लोटा जल, एक थाली भोजन
बस यहीं है मां की उन निगाहों के लिए मेरे पास
वहीं निगाहें जो दूर कहीं आसमान में बैठी
अभी भी
देख रही है अपने बेटे को

58

कविता

आज पुरानी किताब के पन्ने उलटते हुये कुछ कविताओं पर नजर गयी। मैं उनमें से कुछ कविता यहां दे रहा हूं कवि का नाम कविता के बाद लिख दिया है।

तुम्हारे शब्द पत्थर है, पर तुम्हारी वाणी वर्षा है,
तुम्हारी पीठ समुद्र पर दोपहर है,
तुम्हारी हंसी उपनगर में छिपी धूप,
तुम्हारे खुले केश सुबह की छत पर एक तूफान,
तुम्हारा उदर समुद्र की सांस और दिन का स्पंद है,
तुम्हारा नाम मूसलाधार और तुम्हारा नाम चारागाह है,
तुम्हारा नाम पूरा ज्वार है,
पानी के सारे नाम तुम्हारे है,
लेकिन तुम्हारा यौन अनामित है,

होने का दूसरा चेहरा,
समय का दूसरा चेहरा।

..................................आद्रावियो पाज

सरियलिस्ट लव पॉयम्स टेट से पब्लिश

वह मेरी पलकों पर खड़ी है,
और उसके केश मेरे हाथ में हैं,
उसकी आकृति मेरे हाथों जैसी है,
मेरी आंखों जैसा उसका रंग,
वह मेरी परछाईयों में समायी है,
जैसे आकाश पर एक पत्थर ।

....आंद्रे बेतों

प्रेम हमेशा पहली बार से साभार

रात देर गये हम फल बीनने गये,
जो मेरे मृत्यु स्वप्नों के लिये चाहिये थे,
वे बैंजनी अंजीर,
पुरातन मृत घोड़े, बाथ टब की शक्ल में,
गुजरते है पास से और ओझल हो जाते हैं,
सिर्फ खाद बोलती है,
हमें आश्वत करती हुयी।

..........................रेने सां

59

रेड़लाईट का बच्चा

जब वो ऊह करता है
तो मुंह में नहीं जाता मां का दूधा
या दूधा की बोतल
सर के नीचे हाथ लगा कर मां नहीं पूंछती की
डर गए हो क्या सपने में
उसके फेफड़ो में घुसता है
छलनी करता हुआ
किसी तेज रफ्तार चमकदार
गाड़ी का धुँआ, जिसके विज्ञापन में चमकती है खूबसूरत लड़की
जो अभी उसकी निगाह में नहीं होंगी
वो नीद में करवट लेता है

लेकिन इतने संधें संतुलन के साथ
सड़क के डिवाईडर की दहलीज को पार नहीं करता उसका बदन
क्योंकि दुनिया में बिना देखे ही वो समझ गया है
संतुलन के मायने
किसी प्रतिस्पर्धा से मैडल खिसकना नहीं हौता है
उसके संतुलन का खोना
बल्कि उसके मायने है
चलने से पहले ही दुनिया से निकल लेना
किसी कार के खूबसूरत से टायर के नीचे
गुब्बारें की आवाज से भी कम आवाज होती है
उस आवाजसे जो टायर के नीचे सर के फटने से निकलती है
उस गुब्बारे की आवाज से भी कम जो उसकी मां
बेच रही है करोड़ों की गाडियों के बीच से गुजरते हुए
लेकिन ये धुंआ और मौत का खौफ बस नींद में है
अभी नींद से जागते ही
वो सरकार के सुनहरी घेरे में होगा
सरकार ने उसको मुहैय्या कराया है
शिक्षा का अधिकार

जीने का अधिकार

खाने का अधिकार

इतनी सुनहरी रेखाओं में और भी उसके अधिकार है

18 साल से पहले फिल्मी पर्दे से बहक कर

यदि वो झपट पड़ा किसी पर तो

बाल संरक्षण अधिनियम का भी उसको अधिकार है

ऐसे अधिकारों को देने के बाद से

आराम से है सरकार

आराम से ये बच्चा

चौराहें पर गुब्बारे बेचती मां का बच्चा

जो बिना किसी के बताएं ही ये जानता है

सर के फटने और गुब्बारे के फटने का क्या अंतर होता है

जो ये जानता है नींद में संतुलन खोने का क्या मतलब होता है

जो ये जानता है नींद में ऊं करने का क्या मतलब होता है

सो जा मेरे बच्चें सूरज के चढ़ने तक

क्योंकि फिर से सरकार का सुनहरी घेरा तेरे ऊपर है

....

सवाल कौन सा है

सवाल मेरी आंखों में छाई परछाईयों का नहीं है

सवाल उस क्रांत्रि का है जो परछाईयों मे बदल गई

हाथों में दिन भर ठेला ढोने के बाद,

पैरों को मलने के लिए भी ताकत नहीं रह जाती है शेष

भोंपू से चींखती आवाजें कानों तक घुस जाती है बिना किसी रोक-टोक के

चाहे दिमाग को उसकी जरूरत है या नहीं

रात कहां बीतेंगी

ठेले पर या फिर फुटपाथ पर

ये सवाल भी खो जाएंगा

धीरे धीरे अंधेरे में

रोटी को तलाश करने की कवायद

दिन के पसीने से घुली हुई रोटी

धीरे धीरे पानी के साथ पेट तक उतर जाएंगी

कुछ सवालों के जवाब शरीर में रोटी के मिलते ही

मिल जाते है

गाडियों का शोर कभी शोर नहीं रहता

दूर कही चमकती हुई सड़कों से परे

धूल भरी पगडंडियों पर किसी टूटहे घर में

रात बिता रहे परिवार की सोच

पुलिस के जूतों से टार्चों से ज्यादा भारी हो जाती है

और अंधेरी रातों में नियान लाईटों के नीचे
क्रांत्रि की परछाईयों और इंसानी परछाईयों में ्र्क भी बंद हो जाता है
वैसे भी आप कैसे अंतर करते हो अंधेंरे में
यूनियन जैक के लिए लाठी बजाते हुए वर्दी वालों में
और दूर कही पार्क में लहराते हुए तिंरगें की लहर के बीच
नशे में धुत्त होकर लाठियां बजाते हुए वर्दीवालों में

....